Couverture supérieure manquante

LA JEUNE SIBÉRIENNE.

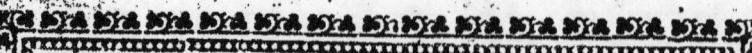

La Jeune Sibérienne,

par Xavier de Maistre.

Société Saint-Augustin,

Desclée, DE BROUWER et Cie,

LILLE, rue du Metz, 41, 1891.

LA JEUNE SIBÉRIENNE.

E courage d'une jeune fille qui, vers la fin du règne de Paul Ier, partit à pied de la Sibérie pour venir à Saint-Pétersbourg demander la grâce de son père, fit assez de bruit dans le temps pour engager un auteur célèbre (1) à faire une heroïne de roman de cette intéressante voyageuse.

Mais les personnes qui l'ont connue paraissent regretter qu'on ait prêté des aventures et des idées romanesques à une jeune et noble vierge qui n'eut jamais d'autre passion que l'amour filial le plus pur et qui, sans appui, sans conseil, trouva dans son cœur la pensée de l'action la plus généreuse et la force de l'exécuter.

Si le récit de ses aventures n'offre point cet intérêt de surprise que peut inspirer un romancier pour des personnages imaginaires, on ne lira peut-être pas sans quelque plaisir la simple histoire de sa vie, intéressante par elle-même, sans autre ornement que la vérité.

Prascovie Lopouloff était son nom.

Son père, d'une famille noble d'Ukraine, naquit en Hongrie, où le hasard des circonstances avait conduit ses parents, et servit quelque temps dans les housards noirs ; mais il ne tarda pas à les quitter pour venir en Russie, où il se maria.

Il reprit ensuite dans sa patrie la carrière des armes, servit longtemps dans les troupes russes, et fit plusieurs campagnes contre les Turcs. Il s'était trouvé aux assauts

---

1. Madame Cottin.

d'Ismaïl et d'Otchakoff, et avait mérité par sa conduite l'estime de son corps.

On ignore la cause de son exil en Sibérie, son procès ainsi que la revision qu'on en fit dans la suite ayant été tenus secrets.

Quelques personnes ont cependant prétendu qu'il avait été mis en jugement par la malveillance d'un chef, pour cause d'insubordination.

Quoi qu'il en soit, à l'époque du voyage de sa fille, il était depuis quatorze ans en Sibérie, relégué à Ischim, village près des frontières du gouvernement de Tobolsk, vivant avec sa famille de la modique rétribution de dix *kopecks* par jour, assignée aux prisonniers qui ne sont pas condamnés aux travaux publics.

La jeune Prascovie contribuait par son travail à la subsistance de ses parents, en aidant les blanchisseuses du village ou les moissonneurs, et en prenant part à tous les ouvrages de la campagne dont ses forces lui permettaient de s'occuper : elle rapportait du blé, des œufs ou quelques légumes en paiement.

Arrivée en Sibérie dans son enfance, et n'ayant aucune idée d'un meilleur sort, elle se livrait avec joie à ces pénibles travaux, qu'elle avait bien de la peine à supporter.

Ses mains délicates semblaient avoir été formées pour d'autres occupations.

Sa mère, tout entière aux soins du pauvre ménage, semblait prendre en patience sa déplorable situation ; mais son père, accoutumé dès sa première jeunesse à la vie active des armées, ne pouvait se résigner à son sort, et s'abandonnait souvent à des accès de désespoir que l'excès même du malheur ne saurait justifier.

Quoiqu'il évitât de laisser voir à P. ascovie les chagrins qui le dévoraient, elle avait été plus d'une fois témoin de ses larmes à travers les fentes d'une cloison qui séparait son réduit de la chambre de ses parents, et elle commençait depuis quelque temps à réfléchir sur leur cruelle destinée.

Lopouloff avait adressé depuis plusieurs mois une supplique au gouverneur de la Sibérie, qui n'avait jamais répondu à ses demandes précédentes.

Un officier, passant par Ischim pour des affaires de service, s'était chargé de la dépêche et lui avait promis d'appuyer ses réclamations auprès du gouverneur.

Le malheureux exilé en avait conçu quelque espoir ; mais on ne lui fit pas plus de réponse qu'auparavant.

Chaque voyageur, chaque courrier venant de Tobolsk (événement bien rare) ajoutait le tourment de l'espérance déçue aux maux dont il était accablé.

Dans un de ces tristes moments, la jeune fille, revenant de la moisson, trouva sa mère baignée de larmes, et fut effrayée de la pâleur et des sombres regards de son père, qui se livrait à tout le délire de la douleur.

« Voilà, s'écria-t-il lorsqu'il la vit paraître, le plus cruel de tous mes malheurs ! voilà l'enfant que Dieu m'a donnée dans sa colère, afin que je souffre doublement de ses maux et des miens, afin que je la voie dépérir lentement sous mes yeux, épuisée par de serviles travaux, et que le titre de père, qui fait le bonheur de tous les hommes, soit pour moi seul le dernier terme de la malédiction du Ciel ! »

Prascovie, épouvantée, se jeta dans ses bras.

La mère et la fille parvinrent à le tranquilliser en mêlant leurs larmes aux siennes ; mais cette scène fit la plus grande impression sur l'esprit de la jeune fille.

Pour la première fois ses parents avaient ouvertement parlé devant elle de leur situation désespérée ; pour la première fois elle put se former une idée de tout le malheur de sa famille.

Ce fut à cette époque, et dans la quinzième année de son âge, que la première idée d'aller à Saint-Pétersbourg demander la grâce de son père lui vint à l'esprit.

Elle racontait elle même qu'un jour cette heureuse pensée se présenta à elle comme un éclair, au moment où elle achevait ses prières, et lui causa un trouble inexprimable.

Elle a toujours été persuadée que ce fut une inspiraion de la Providence, et cette ferme confiance la soutint dans la suite au milieu des circonstances les plus décourageantes.

Jusqu'alors l'espérance de la liberté n'était point entrée dans son cœur. Ce sentiment nouveau pour elle la remplit d'une grande joie : elle se remit aussitôt en prière ; mais ses idées étaient si confuses que, ne sachant elle-même ce qu'elle voulait demander à DIEU, elle le pria seulement de ne pas la priver du bonheur qu'elle éprouvait et qu'elle ne savait définir.

Bientôt cependant le projet d'aller à Saint-Pétersbourg se jeter aux pieds de l'empereur et lui demander la grâce de son père, se développa dans son esprit et l'occupa désormais uniquement.

Elle avait choisi, dans la lisière d'un bois de bouleaux,

SAINT-PÉTERSBOURG. — Le pont Nicolas.

qui se trouvait près de la maison, une place favorite où

elle se retirait souvent pour faire ses prières ; elle fut plus exacte encore à s'y rendre dans la suite. Là, tout entière à son projet, elle venait prier DIEU, avec toute la ferveur de sa jeune âme, de favoriser son voyage et de lui donner la force et les moyens de l'exécuter. S'abandonnant à cette idée, elle s'oubliait souvent dans le bois, au point de négliger ses occupations ordinaires, ce qui lui attirait des reproches de ses parents.

Elle fut longtemps avant d'oser s'ouvrir à eux au sujet de l'entreprise qu'elle méditait. Son courage l'abandonnait chaque fois qu'elle approchait de son père pour commencer cette explication hasardeuse, dont elle prévoyait confusément le peu de succès. Cependant, lorsqu'elle crut avoir suffisamment mûri son projet, elle détermina le jour où elle parlerait, et se proposa fermement de vaincre sa timidité.

A l'époque fixée, Prascovie se rendit de bonne heure au bois pour demander à DIEU le courage de s'exprimer et l'éloquence nécessaire pour persuader ses parents : elle revint ensuite à la maison résolue de parler au premier des deux qu'elle rencontrerait.

Elle désirait que le hasard lui fît trouver sa mère, dont elle espérait plus de condescendance ; mais, en approchant de la maison, elle vit son père assis sur un banc près de la porte et fumant une pipe. Elle vint à lui courageusement, commença l'explication de son projet, et demanda, avec toute la chaleur dont elle fut capable, la permission de partir pour Saint-Pétersbourg.

Lorsqu'elle eut terminé son discours, son père, qui l'avait écoutée sans l'interrompre et du plus grand sérieux, la prit par la main et, rentrant avec elle dans la chambre où la mère apprêtait le dîner :

« Ma femme, s'écria-t-il, bonne nouvelle ! nous avons trouvé un puissant protecteur ! Voilà notre fille qui va partir sur l'heure pour Saint-Pétersbourg, et qui veut bien se charger de parler elle-même à l'empereur. »

Lopouloff raconta plaisamment ensuite tout ce que lui avait dit Prascovie.

« Elle ferait mieux, répondit la mère d'être à son ouvrage que de venir vous conter ces balivernes. »

La jeune fille s'était armée d'avance contre la colère de ses parents, mais elle n'eut point de force contre le persiflage, qui semblait anéantir toutes ses espérances. Elle se mit à pleurer amèrement.

Son père, qu'un instant de gaieté avait fait sortir de son caractère, reprit bientôt toute sa sévérité. Tandis qu'il la grondait au sujet de ses larmes, sa mère attendrie l'embrassait en riant.

« Allons, lui dit-elle en lui présentant un linge, commence par nettoyer la table pour le dîner ; tu pourras ensuite partir pour Saint-Pétersbourg à ta commodité. »

Cette scène était plus faite pour dégoûter Prascovie de ses projets que des reproches ou des mauvais traitements ; cependant l'humiliation qu'elle éprouvait de se voir traiter comme une enfant se dissipa bientôt et ne la découragea point.

La glace était rompue · elle revint à la charge à plusieurs reprises, et ses prières furent bientôt si fréquentes et si importunes que son père, perdant patience, la gronda sérieusement et lui défendit avec sévérité de lui parler là-dessus davantage.

Sa mère, avec plus de douceur, tâcha de lui faire comprendre qu'elle était trop jeune encore pour songer à une entreprise si difficile.

Depuis lors, trois ans s'écoulèrent sans que Prascovie osât renouveler ses instances à ce sujet.

Une longue maladie de sa mère la contraignit de renvoyer son projet à des temps plus favorables ; cependant il ne se passa pas un seul jour sans qu'elle joignît à ses prières ordinaires celle d'obtenir de son père la permission de partir, bien persuadée que DIEU l'exaucerait un jour.

Cet esprit religieux, cette foi vive dans une si jeune personne, doivent paraître d'autant plus extraordinaires qu'elle ne les devait point à l'éducation.

Sans être irréligieux, son père s'occupait peu de prières ; et quoique sa mère fût plus exacte à cet égard, elle manquait en général d'instruction, et Prascovie ne devait qu'à elle-même les sentiments qui l'animaient.

Pendant ces trois dernières années, sa raison s'était formée ; déjà la jeune fille avait acquis plus de poids dans les conseils de la famille : elle put en conséquence proposer et discuter son projet, que ses parents ne regardaient plus comme un enfantillage, mais qu'ils combattirent avec d'autant plus de force qu'elle leur était devenue plus nécessaire.

Les empêchements qu'ils mettaient à son départ étaient de nature à faire impression sur son cœur.

Ce n'était plus par des plaisanteries ou par des menaces

qu'ils tâchaient de la dissuader, mais par des caresses et par des larmes.

« Nous sommes déjà vieux, lui disaient-ils, nous n'avons ni fortune, ni amis en Russie : aurais-tu le courage d'abandonner dans ce désert des parents dont tu es l'unique consolation, et cela pour entreprendre seule un voyage périlleux, qui peut te conduire à ta perte et leur coûter la vie au lieu de leur procurer la liberté ? »

A ces raisons Prascovie ne répondait que par des larmes ; mais sa volonté n'était point ébranlée et chaque jour l'affermissait dans sa résolution.

Il se présentait une difficulté d'une autre nature, et plus réelle encore que l'opposition de son père : elle ne pouvait partir qu'avec un passe-port, sans lequel il ne lui était pas même possible de s'éloigner du village.

D'autre part, il n'était guère probable que le gouverneur de Tobolsk, qui n'avait jamais répondu à leurs lettres, consentît à leur accorder cette faveur.

Prascovie fut donc forcée de remettre son départ à un autre temps, et toutes ses idées se portèrent sur les moyens d'obtenir un passe-port.

Il y avait alors dans le village un prisonnier nommé Neiler, né en Russie et fils d'un tailleur allemand. Cet homme avait été pendant quelque temps domestique d'un étudiant à l'Université de Moscou, et il avait tiré de cette circonstance l'avantage de passer pour un esprit fort à Ischim. Neiler s'imaginait être un incrédule. Cette espèce de folie, jointe au métier plus utile de tailleur qu'il possédait, l'avait fait connaître des habitants et des prisonniers, dont les uns lui faisaient raccommoder leurs habits, et dont les autres s'amusaient de ses impertinences. Au nombre de ces derniers étaient Lopouloff, chez lequel il venait quelquefois.

Neiler, connaissant l'esprit religieux de la jeune personne, la persiflait au sujet de sa dévotion et l'appelait sainte Prascovie.

Celle ci, le croyant plus habile qu'il n'était, projetait de s'adresser à lui pour en obtenir la supplique qu'elle voulait adresser au gouverneur, dans l'espoir que son père, n'ayant plus qu'à la signer, s'y déciderait plus facilement.

Elle venait un jour d'achever son blanchissage à la rivière et se disposait à retourner au logis. Avant de partir, elle fit à son ordinaire plusieurs signes de croix, et se chargea péniblement de son linge mouillé. Neiler, qui passait par hasard, la vit et se moqua d'elle.

« Si vous aviez, lui dit il, fait quelques-unes de ces simagrées de plus, vous auriez opéré un miracle, et votre linge serait allé tout seul à la maison. Donnez, ajouta-t-il en s'emparant de force du fardeau, je vous ferai voir que les incrédules, que vous haïssez si fort, sont aussi de bonnes gens. »

Il prit en effet la corbeille et la porta jusqu'au village.

Chemin faisant, Prascovie, qui n'avait qu'un désir, celui d'obtenir un passe-port, lui parla de la supplique et du service important qu'elle attendait de lui.

Malheureusement, le philosophe ne savait pas écrire : il avoua que depuis l'instant où il s'était voué à l'état de tailleur, il avait totalement négligé la littérature ; mais il lui indiqua dans le village un homme qui pourrait remplir son attente.

Prascovie revint toute joyeuse, se proposant de mettre à profit ce conseil dès le lendemain.

En rentrant chez son père, où se trouvaient quelques personnes, Neiler se vanta hautement du service qu'il avait rendu à sainte Prascovie en lui épargnant la peine de faire un miracle, et fit d'autres mauvaises plaisanteries de ce genre; mais il fut bientôt déconcerté par la réponse de la jeune fille.

« Comment pourrais-je, lui dit-elle, ne pas mettre toute ma confiance dans la bonté de DIEU? Je ne l'ai prié qu'un instant au bord de la rivière, et si mon linge n'est pas venu tout seul, il est du moins venu sans moi, et porté par un incrédule. Ainsi le miracle a eu lieu, et je n'en demande pas d'autres à la Providence. »

A cette réponse, toute la société se mit à rire aux dépens du tailleur, qui se retira très piqué de l'aventure.

On verra dans la suite plusieurs exemples de cette aimable présence d'esprit, qui n'abandonna jamais la jeune fille dans les circonstances les plus embarrassantes.

Le lendemain, elle s'empressa de consulter l'homme qu'on lui avait indiqué : elle apprit de lui que la supplique devait être signée par elle-même.

L'écrivain se chargea de la dresser dans les formes requises ; et lorsqu'elle fut achevée, Lopouloff, après quelque résistance, consentit à ce qu'elle fût expédiée, et profita de l'occasion pour y joindre une nouvelle lettre relative à ses affaires personnelles.

Dès ce moment, les inquiétudes de la jeune personne disparurent, sa santé se raffermit, et ses parents furent charmés de lui voir reprendre sa gaieté naturelle.

Cet heureux changement n'avait pas d'autre cause que la certitude où elle était d'obtenir son passe-port, et sa confiance sans bornes en la protection de DIEU.

Elle allait souvent se promener sur le chemin de Tobolsk, dans l'espérance de voir arriver quelque courrier. Elle passait devant la station (1) de la poste aux chevaux pour parler au vieil invalide qui en avait la direction, et qui distribuait le peu de lettres adressées à Ischim. Mais depuis longtemps elle n'osait lui en demander, parce qu'il lui avait parlé avec brusquerie, et s'était moqué de son projet de voyage qu'il connaissait.

Six mois s'étaient presque écoulés depuis le départ de la supplique, lorsqu'on vint avertir la famille qu'un courrier était à la poste avec des lettres pour quelques personnes. Prascovie y courut aussitôt et fut suivie de ses parents. Lorsque Lopouloff se nomma, le courrier lui remit un paquet cacheté, contenant un passe-port pour sa fille, et prit un reçu de lui.

Ce fut un moment de joie pour la famille.

Dans l'abandon total où ils étaient depuis tant d'années, l'envoi de ce passe-port leur parut une espèce de faveur. Cependant il n'y avait dans le paquet aucune réponse du gouverneur aux demandes personnelles de Lopouloff. Pour sa fille, elle était libre, et l'on ne pouvait, sans la plus grande injustice, la retenir en Sibérie contre sa volonté. Le silence absolu que l'on gardait avec son père était plutôt une confirmation de sa disgrâce qu'une faveur. Cette triste réflexion dissipa bientôt l'impression

---

1. Terme russe pour *relais*.

de plaisir que lui avait fait éprouver la condescendance du
gouverneur.

Lopouloff s'empara du passe-port et déclara, dans le
premier moment d'humeur, qu'il n'avait consenti à le demander que dans la certitude qu'on le lui refuserait, et
pour se délivrer des persécutions de sa fille.

Prascovie suivit ses parents à la maison sans rien demander, mais remplie d'espoir et remerciant DIEU le long
du chemin d'avoir exaucé l'un de ses vœux.

Son père serra le passe-port parmi ses hardes, après
l'avoir enveloppé soigneusement dans un morceau de
linge. Prascovie remarqua cette précaution, qui lui parut
de bon augure, car il aurait pu le déchirer ; elle n'attribua
le refus de son père qu'à un dessein particulier de la Providence, qui n'avait pas encore marqué l'heure de son
départ.

Bientôt après, elle se rendit aux bois, où elle passa
deux heures à prier, se livrant à toute la joie que son
ardente imagination lui inspirait, et n'ayant plus aucun
doute sur le succès de son entreprise.

Ces détails pourront paraître à quelques personnes pué-
rils et minutieux ; mais lorsqu'on verra les projets de cette
jeune fille réussir au delà de ses espérances et de toute
probabilité, malgré les obstacles sans nombre qu'elle avait
à surmonter, on se convaincra qu'aucun motif humain n'aurait suffi pour la conduire au but qu'elle se proposait, et
qu'il fallait pour une telle œuvre cette *foi qui transporte les
montagnes.*

Dans tout ce qui lui arrivait, Prascovie voyait toujours
le doigt de DIEU. Aussi disait-elle : « J'ai été quelquefois

éprouvée, mais jamais trompée dans ma confiance en
lui. »

Un incident qui eut lieu peu de jours après vint encore
ranimer son courage, et contribua peut être à déterminer
ses parents.

Sa mère, sans être abso'ument superstitieuse, s'amusait
parfois à chercher des pronostics de l'avenir dans les plus
petits événements de la vie. Sans croire aux jours malheureux, elle évitait cependant d'entreprendre quelque chose
le lundi (1), et n'aimait point à voir renverser la salière·
Quelquefois elle prenait la Bible, et, l'ouvrant au hasard
elle cherchait dans la première phrase qui lui tombait sous
les yeux quelque chose d'analogue à sa situation et dont
elle pût tirer un bon augure.

Cette manière de consulter le sort est très usitée en Rus·
sie : lorsque la phrase est insignifiante, on recommence,
et en tiraillant un peu le sens on finit par lui donner la
tournure qu'on désire. Les malheureux s'attachent à tout,
et, sans ajouter beaucoup de foi à ces prédictions, ils
éprouvent un certain plaisir lorsqu'elles s'accordent avec
leurs espérances.

Lopouloff était dans l'usage de lire le soir un chapitre
de la Bible à sa famille : il expliquait aux femmes les mots
slavons qu'elles ne comprenaient pas, et cette occupation
plaisait infiniment à sa fille.

A la fin d'une triste soirée, ces trois solitaires étaient

1. En Russie, le lundi passe pour un jour malheureux parmi le peuple
et les personnes superstitieuses. La répugnance pour entreprendre quelque chose, mais surtout un voyage, le lundi, est si universelle, que le très
petit nombre de personnes qui ne la partagent pas s'y soumettent par
égard pour l'opinion générale et presque religieuse des Russes.

auprès d'une table sur laquelle était le livre saint ; la lecture était achevée, et le plus morne silence régnait entre eux, lorsque Prascovie, s'adressant à sa mère, sans autre but que celui de renouer la conversation :

« Ouvrez, je vous prie, la Bible, lui dit-elle, et cherchez dans la page à droite, la onzième ligne. »

Sa mère prit le livre avec empressement et l'ouvrit avec une épingle ; ensuite, comptant les lignes jusqu'à la onzième à droite, elle lut à haute voix les paroles suivantes :

« *Or, un ange de Dieu appela Agar du ciel et lui dit : Que faites-vous là ? ne craignez point.* »

L'application de ce passage de l'Écriture sainte était trop facile à faire pour que l'analogie frappante qu'il présentait avec le voyage projeté pût échapper à personne.

Prascovie, transportée de joie, prit la Bible et en baisa les pages à plusieurs reprises.

« C'est vraiment singulier, disait la mère en regardant son mari. »

Mais celui-ci, ne voulant pas favoriser leur idée à ce sujet, s'éleva fortement contre ces ridicules divinations : « Croyez-vous, disait-il aux deux femmes, que l'on puisse ainsi interroger DIEU en ouvrant un livre avec une épingle, et qu'il daigne répondre à toutes vos folles pensées ? Sans doute, ajouta-t-il, en s'adressant à sa fille, un ange ne manquera pas de vous accompagner dans votre extravagant voyage, et de vous donner à boire quand vous aurez soif ! Ne sentez-vous pas quelle est la folie de s'abandonner à de semblables espérances ? »

Prascovie lui répondit qu'elle était bien loin d'espérer qu'un ange lui apparût pour l'aider dans son entreprise.

« Mais cependant, disait elle, j'espère et crois fermement que mon ange gardien ne m'abandonnera pas, et que mon voyage aura lieu quand je m'y opposerais moi-même. »

Lopouloff était ébranlé par cette persévérance inconcevable ; cependant un mois s'écoula sans qu'il fût question du départ.

Prascovie devenait silencieuse et préoccupée : toujours seule dans les bois ou dans son réduit, elle ne donnait plus aucune marque de tendresse à ses parents.

Comme elle avait souvent menacé de partir sans passe-port, ils commencèrent à craindre sérieusement qu'elle n'accomplît son projet, et ils prenaient de l'inquiétude lorsqu'elle s'absentait de la maison plus longtemps qu'à l'ordinaire.

Il arriva même un jour qu'ils la crurent décidément partie : Prascovie, en revenant de l'église, où elle était allée seule, avait accompagné de jeunes paysannes dans une chaumière voisine et s'y était arrêtée quelques heures.

Lorsqu'elle revint à la maison, sa mère l'embrassa toute en larmes.

« Tu as bien tardé, lui dit-elle. Nous avons cru que tu nous avais quittés pour toujours.

— » Vous aurez bientôt ce chagrin, lui répondit sa fille, puisque vous ne voulez pas me livrer le passe-port : vous regretterez alors de m'avoir privée de cette ressource et de votre bénédiction. »

Elle prononça ces paroles sans répondre aux caresses de sa mère et d'un ton de voix si triste, si altéré, que la bonne mère en fut vivement affectée.

Elle lui promit, pour la tranquilliser, de ne plus mettre d'opposition à son départ, qui dépendrait uniquement de la permission de son père.

Prascovie ne la demandait plus ; mais sa profonde tris-tesse la sollicitait plus éloquemment que n'auraient pu le faire les supplications les plus vives : Lopouloff lui-même ne savait à quoi se résoudre.

Sa femme le priait un matin d'aller prendre quelques pommes de terre dans un petit jardin qu'il cultivait près de la maison.

Immobile et plein de ces tristes idées, il paraissait ne faire aucune attention à cette demande ; enfin, revenant tout à coup à lui :

« Allons, dit-il, comme pour l'encourager, aide-toi, je t'aiderai ! »

En achevant ces mots, il prit une bêche et se rendit au jardin. Prascovie le suivit.

« Sans doute, mon père, il faut s'aider dans le malheur, et j'espère que Dieu m'aidera dans la prière que je viens de vous faire, et qu'il touchera votre cœur. Rendez-moi le passe-port, cher et malheureux père ! Croyez que c'est la volonté de Dieu. Voulez-vous forcer votre fille à l'horrible malheur de vous désobéir ? »

En parlant ainsi, Prascovie embrassait ses genoux et tâchait de lui inspirer la même confiance qui l'animait.

La mère survint.

Sa fille la conjura de l'aider à fléchir son père ; la bonne femme ne put s'y résoudre.

Elle avait eu la force de consentir au départ ; mais elle n'avait pas le courage de le demander.

Cependant Lopouloff ne put résister plus longtemps à de si touchantes sollicitations ; il savait d'ailleurs sa fille

St-PÉTERSBOURG.

Palais du Prince Michel.

si décidée qu'il craignait de la voir partir sans passe-port.

« Que faire avec cet enfant ? s'écria-t-il. Il faudra bien la laisser partir ! »

Prascovie, transportée de joie, s'élança au cou de son père.

« Soyez sûr, lui disait-elle en l'accablant des plus tendres caresses, que vous ne vous repentirez point de m'avoir écoutée : j'irai, mon père, oui, j'irai à Saint-Pétersbourg ; je me jetterai au pied de l'empereur, et cette même Providence, qui m'en a donné la pensée et qui a touché votre cœur, voudra bien aussi disposer celui de notre grand monarque en notre faveur.

— » Hélas ! lui répondit son père en versant des larmes, crois-tu, pauvre enfant, que l'on puisse parler à l'empereur comme tu parles à ton père en Sibérie ? Des sentinelles gardent de toutes parts les avenues de son palais, et tu ne pourras jamais en passer le seuil. Pauvre et mendiante, sans habits, sans recommandations, comment oseras-tu paraître, et qui daignera te présenter ? »

Prascovie sentait la force de ces observations sans en être découragée : un pressentiment secret l'emportait sur tous les raisonnements.

« Je conçois les craintes que vous inspire la tendresse que vous avez pour moi, répondit-elle ; mais que de motifs n'ai-je pas d'espérer ! Réfléchissez, de grâce ! Voyez de combien de faveurs inespérées Dieu m'a déjà comblée, parce que j'avais mis toute ma confiance en lui ! Je ne savais comment avoir un passe-port, il a forcé la bouche de l'incrédule à m'indiquer les moyens de l'obtenir ; c'est lui qui a fléchi l'inexorable gouverneur de Tobolsk. Enfin, malgré votre invincible répugnance, ne vous a-t-il pas forcé vous-même à m'accorder la permission de partir ? Soyez donc certain, ajouta-t elle, que cette Providence, qui m'a fait surmonter tant d'obstacles et qui m'a si visiblement protégée jusqu'ici, saura me conduire aux pieds de notre empereur. Elle mettra dans ma bouche les paroles qui doivent le persuader, et votre liberté sera la récompense du consentement que vous m'accordez. »

Dès cet instant, le départ de la jeune fille fut décidé, mais on n'en détermina point encore l'époque précise.

Lopouloff espérait tirer quelques secours de ses amis : plusieurs prisonniers avaient des moyens; quelques-uns même lui avaient fait, en d'autres occasions, des offres que sa discrétion ne lui avait pas permis d'accepter; mais, en cette occasion, il se proposait d'en profiter. Il désirait aussi trouver quelque voyageur qui pût accompagner sa fille pendant les premières marches. Il fut trompé dans cette double attente.

Cependant Prascovie pressait son départ.

Toute la fortune de la famille consistait dans un rouble en argent (1).

Après avoir vainement tenté d'augmenter cette modique somme, on fixa le jour de la cruelle séparation, d'après le désir de la voyageuse, au 8 septembre, jour d'une fête de la Vierge.

Aussitôt que la nouvelle s'en répandit dans le village, toutes leurs connaissances vinrent le voir, poussées par la curiosité plutôt que par un véritable intérêt.

Au lieu de l'aider ou de l'encourager dans son entre-

---

1. Valeur d'environ 4 francs.

prise, on désapprouva généralement son père de lui avoir accordé la permission de partir.

Ceux qui auraient pu lui donner quelques secours parlèrent des circonstances malheureuses qui empêchent souvent les meilleurs amis de se rendre service au besoin ; et, au lieu de l'assistance et des consolations que la famille en attendait, ils ne lui laissèrent en la quittant que de sinistres présages.

Cependant deux des plus pauvres et des plus obscurs prisonniers prirent la défense de Prascovie et l'encouragèrent par leurs conseils.

« On a vu, disaient-ils des choses plus difficiles réussir contre toute espérance. Sans parvenir elle-même jusqu'au souverain, elle trouvera des protecteurs qui parleront pour elle lorsqu'on la connaîtra et qu'on l'aimera comme nous. »

Le 8 septembre, à l'aube du jour, ces deux hommes revinrent pour pour prendre congé d'elle et pour assister à son départ.

Ils la trouvèrent déjà toute disposée pour le grand voyage, et chargée d'un sac qu'elle avait préparé depuis longtemps.

Son père lui remit le rouble qu'il lui destinait, mais qu'elle ne voulait point accepter ; elle représentait que cette petite somme ne pouvait pas la conduire jusqu'à St-Pétersbourg, tandis qu'elle pouvait leur devenir nécessaire. Un ordre absolu de son père put seul la lui faire accepter.

Les deux pauvres exilés voulurent aussi contribuer au petit fonds qu'elle emportait pour le voyage ; l'un offrit trente *kopecks* en cuivre, et l'autre une pièce de vingt *kopecks* en argent ; c'était leur subsistance de plusieurs jours.

Prascovie refusa leur offre généreuse, mais elle en fut vivement touchée :

« Si la Providence, leur dit-elle, accorde jamais quel- que faveur à mes parents, j'espère que vous en aurez une part. »

Dans ce moment, les premiers rayons du soleil levant parurent dans la chambre.

« L'heure est venue, dit-elle ; il faut nous séparer. »

Elle s'assit, ainsi que ses parents et les deux amis, comme il est d'usage en Russie en pareille circonstance.

Lorsqu'un ami part pour un voyage de long cours, au moment de faire les derniers adieux, le voyageur s'assied ; toutes les personnes présentes doivent l'imiter : après une minute de repos, pendant laquelle on parle du temps et de choses indifférentes, on se lève, et les pleurs et les embrassements commencent.

Cette cérémonie, qui, au premier coup d'œil, paraît insignifiante, a cependant quelque chose d'intéressant. Avant de se séparer pour longtemps, peut-être pour tou- jours on se repose encore quelques moments ensemble, comme si l'on voulait tromper la destinée et lui dérober cette courte jouissance.

Prascovie reçut à genoux la bénédiction de ses parents, et, s'arrachant courageusement de leurs bras, quitta pour toujours la chaumière qui lui avait servi de prison depuis son enfance. Les deux exilés l'accompagnèrent pendant la première verste.

Le père et la mère, immobiles sur le seuil de la porte, la suivirent longtemps des yeux, voulant lui donner de loin un dernier adieu ; mais là jeune fille ne regarda plus en arrière et disparut bientôt dans l'éloignement.

Lopouloff et sa femme rentrèrent alors dans leur triste demeure, qui, désormais, allait leur paraître bien déserte. Les malheureux vécurent encore plus isolés qu'auparavant: les autres habitants d'Ischim accusaient le père d'avoir lui-même poussé sa fille à cette imprudente entreprise, et le tournaient en ridicule à ce sujet.

On se moquait surtout des deux prisonniers, qui, dans leur simplicité, n'avaient pas caché la promesse que Prascovie leur avait faite de s'intéresser à eux, et on les félicitait d'avance sur leur bonne fortune.

Laissons maintenant cette région de peines et suivons notre intéressante voyageuse.

Lorsque les deux amis qui l'avaient accompagnée la quittèrent, elle avait trouvé plusieurs jeunes filles qui faisaient la même route qu'elle jusqu'au village voisin, éloigné d'Ischim d'environ vingt-cinq verstes.

Chemin faisant, elles furent accostées par une bande de paysans dont quelques-uns étaient à moitié ivres ; ils descendirent de cheval sous prétexte de les accompagner: c'était à l'entrée d'un grand bois.

Les voyageuses alarmées ne voulurent point s'y acheminer avec eux: elles avaient quelques provisions, et s'assirent au bord du chemin pour se restaurer, en priant les villageois de continuer leur route ; mais ils s'assirent avec elles, en déclarant vouloir partager leur déjeuner, et les accompagner ensuite jusqu'au village.

Dans cette perplexité, Prascovie, pour éloigner ces importuns, crut pouvoir employer une petite ruse, qui lui réussit :

« Nous irions volontiers avec vous, leur dit-elle ; mais nous devons attendre ici mes frères, qui nous amènent des chariots pour nous transporter. »

Les paysans virent en effet dans l'éloignement deux chariots que Prascovie avait aperçus avant eux ; bientôt après ils remontèrent à cheval et disparurent.

« C'était un petit mensonge, disait-elle en racontant sa première aventure : mais il ne m'a pas porté malheur. »

Elle parvint heureusement au village où elle devait s'arrêter et logea chez un paysan de sa connaissance, qui la traita fort bien.

Le lendemain, à son réveil, la fatigue de la première marche qu'elle eût jamais faite se faisait très vivement sentir.

En sortant de l'*isba* (1) où elle avait passé la nuit, elle eut un moment d'effroi lorsqu'elle se vit toute seule. L'histoire d'Agar dans le désert lui revint à la mémoire et lui rendit son courage. Elle fit le signe de la croix, et s'achemina en se recommandant à son ange gardien.

Après avoir dépassé quelques maisons, elle aperçut l'en-

---

1. Maison de paysan, ordinairement composée d'une seule chambre, dont un énorme poêle occupe une bonne partie. Quoique l'*isba* réponde à peu près au mot de *chaumière*, il n'entraîne point cependant l'idée de misère.

seigne de l'aigle sur le cabaret du village devant lequel elle avait passé la veille ; ce qui lui fit juger qu'au lieu d'avoir pris le chemin de Pétersbourg, elle revenait sur

Intérieur d'une Isba.

ses pas.

Elle s'arrêta pour s'orienter, et vit son hôte qui souriait sur le pas de sa porte.

« Si vous voyagez de cette manière, s'écria-t-il, vous n'irez pas loin, et vous feriez peut-être mieux de retourner chez vous. »

Cet accident lui arriva quelquefois dans la suite ; et lorsque, dans son indécision, elle demandait le chemin de Pétersbourg, à l'extrême distance où elle se trouvait de cette ville, on se moquait d'elle, ce qui la jetait dans un grand embarras.

Prascovie, n'ayant aucune idée de la géographie du pays qu'elle avait à parcourir, s'était imaginée que la ville de Kiew, fameuse dans la religion du pays, et dont sa mère lui avait souvent parlé, se trouvait sur le chemin de Pétersbourg : elle avait le projet d'y faire ses dévotions en passant, et se promettait d'y prendre un jour le voile si son entreprise réussissait.

Dans la fausse idée qu'elle s'était formée de la situation de cette ville, voyant qu'on souriait lorsqu'elle demandait le chemin de Pétersbourg, elle demandait aux passants celui de Kiew, ce qui lui réussissait plus mal encore.

Une fois entre autres, se trouvant indécise sur le choix de plusieurs chemins qui se croisaient, elle attendit un *kibick* qui s'approchait, et pria les voyageurs de lui indiquer celui de ces chemins qui conduisait à Kiew. Ils crurent qu'elle plaisantait.

« Prenez, lui dirent-ils en riant, celui que vous voudrez ; ils conduisent tous également à Kiew, à Paris et à Rome. »

Elle prit celui du milieu, qui se trouva heureusement être le sien.

Elle ne pouvait donner aucun détail exact sur la route

qu'elle avait tenue, ni sur le nom des villages par lesquels elle avait passé, et qui se confondaient dans sa mémoire.

Lorsqu'elle arrivait dans un hameau peu considérable, elle était ordinairement bien accueillie par les maîtres de la première maison où elle demandait l'hospitalité ; mais dans les gros villages, et lorsque les maisons avaient une bonne apparence, elle avait presque toujours de la peine à trouver un asile : on la prenait souvent pour une aventurière de mauvaises mœurs, et ce soupçon si injuste lui donna de grands désagréments pendant son voyage.

Quelques marches avant d'arriver à Kamoüicheff, un violent orage la surprit en chemin, comme elle achevait avec peine une des plus longues journées qu'elle eût encore faite. Elle redoubla de vitesse pour atteindre les premières habitations, qu'elle ne croyait pas être fort éloignées ; mais un tourbillon de vent ayant renversé un arbre devant elle, la frayeur lui fit chercher un refuge dans un bois voisin. Elle se plaça sous un sapin entouré de hauts buissons pour se préserver de la violence du vent. La tempête dura toute la nuit ; la jeune fille la passa sans abri dans ce lieu désert, exposée aux torrents de la pluie, qui ne cessa que vers le matin.

Lorsque l'aube parut, elle se traîna jusqu'au chemin, exténuée de froid et de faim, pour continuer sa route. Heureusement un paysan qui passait eut pitié d'elle et lui offrit une place dans son chariot. Vers les huit heures du matin, elle arriva dans un grand village. Le paysan, qui ne devait pas s'y arrêter, la déposa au milieu de la rue et continua sa route.

Prascovie pressentait qu'elle serait mal reçue : les maisons avaient une bonne apparence. Cependant, pressée par la fatigue et la faim, elle s'approcha d'une fenêtre basse auprès de laquelle une femme de quarante à cinquante ans triait des pois, et la pria de la recevoir chez elle. La villageoise, après l'avoir examinée quelques instants d'un air de mépris, la renvoya durement.

En descendant du chariot qui l'avait amenée, Prascovie était tombée dans la boue, et ses habits en étaient couverts.

La cruelle nuit qu'elle venait de passer dans la forêt, ainsi que le manque de nourriture, avaient sans doute aussi altéré ses traits, et lui donnaient un aspect défavorable. La malheureuse fut rejetée de toutes les maisons où elle se présenta.

Une méchante femme à la porte de laquelle, vaincue par la fatigue, elle s'était assise et qu'elle conjurait de la recevoir, la força par des menaces de s'éloigner en lui disant qu'elle ne recevait chez elle ni les voleurs ni les coureuses.

La jeune fille, voyant une église devant elle, s'y achemina tristement. « Du moins, se disait-elle, on ne m'en chassera pas. » La porte s'en trouva fermée ; elle s'assit sur les marches qui y conduisaient.

Des petits garçons qui l'avaient suivie, et qui s'étaient attroupés autour d'elle lorsque la femme la maltraitait, continuèrent à l'insulter et à la traiter voleuse.

Elle demeura près de deux heures dans cette situation pénible, se mourant de froid, d'inanition, priant Dieu de l'assister et de lui donner la force de supporter cette épreuve.

Cependant une femme s'approcha pour l'interroger.

Prascovie raconta l'affreuse nuit qu'elle avait passée dans le bois ; d'autres paysans s'arrêtèrent pour l'entendre. Le *staroste* (1) du village examina son passe-port, et déclara qu'il était en règle : alors la bonne femme attendrie lui offrit sa maison ; mais, lorsque la voyageuse voulut se soulever, ses membres étaient tellement engourdis qu'on fut obligé de la soutenir. Elle avait perdu un de ses souliers ; elle montra son pied nu et ses jambes enflées. Une pitié générale succéda bientôt aux indignes soupçons qui l'avaient fait maltraiter.

On la plaça sur un chariot, et les mêmes enfants qui l'avaient insultée quelques moments auparavant s'empressèrent de la traîner, et la conduisirent ainsi chez la villageoise, qui la reçut avec beaucoup d'amitié, et chez laquelle elle passa plusieurs jours.

Pendant ce temps de repos, un paysan charitable lui fit une paire de bottines ; enfin lorsqu'elle eut recouvré sa santé et ses forces, elle prit congé de la bonne femme, et continua son voyage, qu'elle poursuivit jusqu'à l'hiver, s'arrêtant plus ou moins dans différents villages, selon que la fatigue l'y obligeait et d'après l'accueil qu'elle recevait des habitants.

Elle tâchait, pendant le séjour qu'elle y faisait, de se rendre utile en balayant la maison, en lavant le linge ou en cousant pour ses hôtes. Elle ne contait son histoire que lorsqu'elle était déjà reçue et établie dans la maison.

Elle avait remarqué que lorsqu'elle voulait se faire con-

---

1. Staroste, de l'adjectif, *staori*, vieux ou ancien, est en Russie ce que sont les maires en France, les *Schulth* ou baillis en Allemagne.

naître au premier abord, on ne la croyait pas et qu'on la prenait pour une aventurière.

En effet, les hommes sont généralement disposés à se raidir lorsqu'ils s'aperçoivent qu'on veut les gagner.

Il faut les toucher sans qu'ils s'en doutent, et ils accordent plus volontiers leur pitié que leur estime.

Prascovie commençait donc par demander un peu de pain ; puis elle parlait de la fatigue dont elle était accablée, pour obtenir l'hospitalité ; enfin, lorsqu'elle était établie chez ses hôtes, elle disait son nom et racontait son histoire.

C'est ainsi que, dans son pénible voyage, elle faisait peu à peu le cruel apprentissage du cœur humain.

Souvent des personnes qui l'avaient rejetée, la voyant s'éloigner en pleurant, la rappelaient et la traitaient fort bien. Les mendiants, accoutumés aux refus, y paraissent peu sensibles ; mais Prascovie, quoique placée par le sort dans une situation déplorable, n'avait point encore été, avant son voyage, dans le cas d'implorer la pitié, et, malgré toute sa force d'âme et sa résignation, elle était navrée des refus, surtout lorsqu'ils provenaient de la mauvaise opinion que l'on prenait d'elle.

Le bon effet qu'avait produit, dans la circonstance dont nous venons de parler, l'exhibition de son passe-port, l'engagea dans la suite à le montrer lorsqu'elle désirait obtenir plus de faveur de ses hôtes : elle y était qualifiée de fille de capitaine, ce qui lui fut utile en plusieurs occasions.

Cependant elle avouait que le malheur d'être repoussée lui était arrivé rarement, tandis que les traitements d'humanité et de bienveillance qu'elle avait éprouvés étaient innombrables.

« On s'imagine, disait-elle dans la suite que mon
voyage a été bien désastreux, parce que je ne raconte que
les peines et les embarras dans lesquels je me suis trou-
vée, et que je ne dis rien des bons gîtes que j'ai rencontrés,
et dont personne ne désire savoir l'histoire. »

Parmi les situations pénibles de son voyage, il en est
une dans laquelle la jeune fille crut sa vie menacée, et qui
mérite d'être connue pour sa singularité.

Elle marchait un soir le long des maisons d'un village
pour chercher un logement, lorsqu'un paysan, qui venait
de lui refuser l'hospitalité, la suivit et la rappela. C'était un
homme âgé, de très mauvaise mine. Prascovie hésita si
elle accepterait son offre, et se laissa cependant conduire
chez lui craignant de ne pas obtenir un autre gîte. Elle
ne trouva dans l'*isba* qu'une femme âgée, et dont l'aspect
était encore plus sinistre que celui de son conducteur. Ce
dernier ferma soigneusement la porte et poussa les gui-
chets des fenêtres.

En la recevant dans leur maison, ces deux personnes
lui firent peu d'accueil : elles avaient un air si étrange,
que Prascovie éprouvait une certaine crainte et se repen-
tait de s'être arrêtée chez elles.

On la fit asseoir.

L'*isba* n'était éclairé que par des esquilles de sapin
enflammées plantées dans un trou de la muraille, et qu'on
remplaçait souvent lorsqu'elles étaient consumées.

A la clarté lugubre de cette flamme, lorsqu'elle se hasar-
dait à lever les yeux, elle voyait ceux de ses hôtes fixés
sur elle.

Enfin, après quelques minutes de silence :

« D'où venez-vous ? lui demanda la vieille.

— » Je viens d'Ischim, et je vais à Pétersbourg.

— » Oh ! oh ! vous avez donc beaucoup d'argent pour entreprendre un si grand voyage ?

— » Il ne me reste que quatre-vingts *kopecks* en cuivre, répondit la voyageuse intimidée.

— » Tu mens ! s'écria la vieille ; oui, tu mens ! On ne se met point en route pour aller si loin avec si peu d'argent ! »

La jeune fille avait beau protester que c'était là tout son avoir, on ne la croyait pas. La femme ricanait avec son mari.

« De Tobolsk à Pétersbourg avec quatre-vingts *kopecks*, disait-elle ; c'est probable, vraiment ! »

La malheureuse fille, outragée et tremblante, retenait ses larmes, et priait DIEU tout bas de la secourir.

On lui donna cependant quelques pommes de terre, et dès qu'elle les eut mangées, son hôtesse lui conseilla de s'aller coucher.

Prascovie, qui commençait fortement à soupçonner ses hôtes d'être des voleurs, aurait volontiers donné le reste de son argent pour être délivrée de leurs mains.

Elle se déshabilla en partie avant de monter sur le poêle où elle devait passer la nuit (1), laissant en bas, à leur portée, ses poches et son sac, afin de leur donner la

---

1. Les poêles russes sont très grands, et les paysans, n'ayant point de lit dans ce pays, couchent tout habillés soit sur les bancs qui règnent dans toute l'enceinte de leur cabane, soit sur le poêle, qui est la place la plus spacieuse et en même temps la plus chaude.

facilité de compter son argent et pour s'épargner la honte
d'être fouillée.

Dès qu'ils la crurent endormie, ils commencèrent leurs
recherches.

Prascovie écoutait avec anxiété leur conversation.

« Elle a encore de l'argent sur elle, disaient-ils ; elle a
sûrement des assignations (1). J'ai vu, ajouta la vieille, un
cordon passé à son cou, auquel pend un petit sac ; c'est
là où est l'argent. »

C'était un petit sac de toile cirée, contenant son passe-
port, qu'elle ne quittait jamais.

Ils se mirent à parler plus bas, et les mots qu'elle entendait de temps en temps n'étaient pas faits pour la rassurer.

« Personne ne l'a vue entrer chez nous, disaient les
misérables ; on ne se doute pas même qu'elle soit dans le
village. »

Ils parlèrent encore plus bas.

Après quelques instants de silence, et lorsque son imagination lui peignait les plus grands malheurs, la jeune
fille vit tout à coup paraître auprès d'elle la tête de l'horrible vieille qui grimpait sur le poêle.

Tout son sang se glaça dans ses veines.

Elle la conjura de lui laisser la vie, l'assurant de nouveau qu'elle n'avait point d'argent ; mais l'inexorable visi-
teuse, sans lui répondre, se mit à chercher dans ses habits,
dans ses bottines, qu'elle lui fit ôter.

---

1. Les monnaies d'or et d'argent étant très rares en Russie, on ne se
sert ordinairement que de la monnaie de cuivre ou kopecks, dont 100
font un rouble en papier, et d'assignations. Ces assignations sont des
billets de 5, 10, 25, 50 et 100 roubles, qui, avec les kopecks, sont les
seuls signes monétaires d'un usage habituel.

L'homme apporta de la lumière ; on examina le sac du passe-port ; on lui fit ouvrir les mains ; enfin, le vieux couple, voyant ses recherches inutiles, descendit et laissa notre voyageuse plus morte que vive.

Cette scène effrayante, et plus encore la crainte de la voir se renouveler, la tinrent longtemps éveillée. Cependant, lorsqu'elle reconnut à leur respiration bruyante que ses hôtes s'étaient endormis, elle se tranquillisa peu à peu, et, la fatigue l'emportant sur la frayeur, elle s'endormit elle-même profondément.

Il était grand jour lorsque la vieille la réveilla. Elle fut tout étonnée de lui trouver, ainsi qu'à son mari, un air plus naturel et plus affable.

Elle voulait partir ; ils la retinrent pour lui donner à manger.

La vieille en fit aussitôt les préparatifs avec beaucoup plus d'empressement que la veille. Elle prit la fourche et retira du poêle le pot au *stchi* (1), dont elle lui servit une bonne portion ; pendant ce temps, le mari soulevait une trappe du plancher sous lequel était le seau du *kvas* (2), et lui en servit une pleine cruche.

Un peu rassurée par ce bon traitement, elle répondit avec sincérité à leurs questions, et raconta une partie de son histoire.

Ils eurent l'air d'y prendre intérêt, et, voulant justifier leur conduite précédente, ils l'assurèrent qu'ils n'avaient voulu savoir si elle avait de l'argent que parce qu'ils

1. Soupe russe faite avec des choux aigres et de la viande salée.

2. Petite bière faite avec de la farine de seigle.

l'avaient mal à propos soupçonnée d'être une voleuse ;
mais qu'elle pourrait voir, en comptant sa petite somme,
qu'ils étaient bien loin eux-mêmes d'être des voleurs.

Enfin, Prascovie prit congé d'eux, ne sachant trop si
elle leur devait des remerciements, mais se trouvant fort
heureuse d'être hors de leur maison.

Lorsqu'elle eut fait quelques verstes hors du village, elle
eut la curiosité de compter son argent.

Le lecteur sera sans doute aussi surpris qu'elle le fut
elle-même en apprenant qu'au lieu de quatre-vingts *kopecks*
qu'elle croyait avoir, elle en trouva cent vingt. Ses hôtes
en avaient ajouté quarante.

Prascovie aimait à redire cette aventure, comme une
preuve évidente de la protection de Dieu, qui avait changé
tout à coup le cœur de ces malhonnêtes gens.

Quelque temps après, elle courut un danger d'une autre
espèce, et qui l'effraya beaucoup. Comme elle avait un
jour une longue traite à faire, elle partit à deux heures du
matin de la station où elle avait couché.

Au moment de sortir du village, elle fut attaquée par
une troupe de chiens qui l'entourèrent. Elle se mit à courir en se défendant avec son bâton, ce qui ne fit qu'augmenter leur rage. Un de ces animaux saisit le bas de sa
robe et la déchira. Elle se jeta à terre en se recommandant à Dieu. Elle sentit même avec horreur un des plus
obstinés appuyer son nez froid sur son cou pour la flairer.
« Je pensais, disait-elle, que celui qui m'avait sauvée de
l'orage et des voleurs me préserverait aussi de ce nouveau
danger. » Les chiens ne lui firent aucun mal ; un paysan
qui passait les dispersa.

La saison avançait ; Prascovie fut retenue près de huit jours dans un village par la neige, qui était tombée en si grande abondance que les chemins étaient impraticables aux piétons.

Lorsqu'ils furent suffisamment battus par les traîneaux, elle se disposait courageusement à continuer sa route à pied ; mais les paysans chez lesquels elle avait logé l'en dissuadèrent et lui en firent voir le danger.

Cette manière de voyager devient alors impossible aux hommes même les plus robustes, qui périraient infaillible-ment égarés dans ces déserts glacés lorsque le vent chasse la neige et fait disparaître les chemins.

Son bonheur amena dans ce village un convoi de traî-neaux qui conduisaient des provisions à Ékaterinembourg pour les fêtes de Noël. Les conducteurs lui donnèrent une place sur un de leurs traîneaux.

Cependant, malgré les soins que ces braves gens pre-naient d'elle, ses habits n'étant pas assortis à la saison ; elle avait bien de la peine à supporter la rigueur de l'hiver, enveloppée dans une des nattes destinées à couvrir les marchandises.

Le froid devint si violent pendant la quatrième journée que, lorsque le convoi s'arrêta, la voyageuse, transie, n'eut pas la force de descendre du traîneau.

On la transporta dans le *kharsima* (1), auberge isolée à plus de trente verstes de toute habitation, et où se trou-vait la station de la poste aux chevaux.

---

1. Les *kharsima* sont de grands hangars couverts où s'arrêtent les voyageurs, comme dans les *caravansérails* de l'Orient et les *ventas* d'Espagne ; excepté le toit on n'y trouve que ce qu'on y apporte.

Les paysans s'aperçurent qu'elle avait une joue gelée et la lui frottèrent avec de la neige en prenant le plus grand soin d'elle ; mais ils refusèrent absolument de la conduire plus loin, et lui représentèrent qu'elle courrait le plus grand danger en s'exposant à voyager sans pelisse par un froid si vif, et qui ne manquerait pas d'augmenter encore. La jeune fille se mit à pleurer amèrement, prévoyant qu'elle ne trouverait plus une occasion aussi favorable et d'aussi bonnes gens pour la conduire.

D'autre part, les maîtres du *kharstma* ne paraissaient pas du tout disposés à la garder, et voulurent à toute force qu'elle partît avec ceux qui l'avaient amenée.

Dans cette position embarrassante, se voyant déçue de l'espoir qu'elle avait d'aller jusqu'à Ékaterinembourg en sûreté, elle s'abandonnait dans un coin de la chambre à toute la vivacité de sa douleur.

Ses conducteurs furent touchés de sa situation ; ils se cotisèrent pour lui acheter une pelisse de mouton, qui dans le pays ne coûte que cinq roubles : malheureusement il ne s'en trouva pas à vendre; aucun des habitants de cette ville isolée ne voulut faire le sacrifice de la sienne, parce qu'il était difficile de la remplacer. Des paysans offrirent jusqu'à sept roubles à une fille d'auberge, qui les refusa. Dans cette perplexité, un des plus jeunes conducteurs proposa tout à coup un expédient des plus singuliers, et qui permit à Prascovie de profiter de leur bonne volonté.

« Nous lui prêterons, dit-il, tour à tour nos pelisses, ou bien elle prendra la mienne une fois pour toutes, et nous changerons entre nous à chaque verste. »

Ils y consentirent tous avec plaisir. On fit aussitôt le calcul de la distance et du nombre de fois que les pelisses devaient être changées. Les paysans russes veulent savoir leur compte, et se laissent difficilement tromper.

La voyageuse fut placée sur un traîneau, bien enveloppée dans sa pelisse. Le jeune homme qui la lui avait cédée se couvrit avec la natte dont elle s'était servie jusqu'alors, et, s'asseyant à ses pieds, se mit à chanter à tue-tête et ouvrit la marche. L'échange des pelisses se fit exactement à chaque poteau des verstes, et le convoi parvint très heureusement et très vite à Ékaterinembourg.

Pendant toute la route, Prascovie ne cessa de prier DIEU pour que la santé de ses conducteurs ne souffrît point de leur bonne action.

***

En arrivant à Ékaterinembourg, Prascovie logea dans la même auberge que ses conducteurs.

L'hôtesse, apprenant de ces derniers une partie des aventures de la jeune fille, et jugeant d'après leur récit qu'elle était sans argent, lui fit aussitôt l'énumération des personnes de la ville qui passaient pour être les plus généreuses, et lui conseilla de s'adresser à elles pour obtenir leur protection et les secours nécessaires pour le long voyage qu'elle avait à faire. Elle loua beaucoup, entre autres, une dame Milin, du caractère le plus obligeant, qui faisait beaucoup de bien aux pauvres, et dont la bonté était connue de toute la ville. Les gens de l'auberge confirmèrent la vérité de ce portrait.

Lors même que la voyageuse n'aurait pas compris l'intention de l'hôtesse, elle aurait été forcée de chercher un autre gîte. L'auberge était ce qu'on appelle en russe *postoï-aleroï dvor* (maison de repos) (1). Elles sont ordinairement formées d'un vaste hangar pour les chevaux, qui n'a que le toit pour couverture et dans l'angle duquel est une serre chaude qui en occupe la quatrième partie.

Les voyageurs s'arrangent comme ils peuvent dans cette pièce unique, dont le plancher sert de lit à ceux qui ne peuvent avoir de place sur le poêle.

Le lendemain, Prascovie sortit d'assez bonne heure, dans l'intention de se rendre chez Madame Milin ; mais, suivant son habitude, elle commença par aller à l'église, où se trouvait plus de monde qu'elle n'en avait jamais vu rassemblé. C'était un dimanche. La ferveur qu'elle mit à ses prières la fit autant remarquer que le sac et le costume qu'elle portait, et qui annonçait une étrangère voyageuse.

Au sortir de l'église, une dame lui demanda qui elle était. Prascovie satisfit à sa demande en quelques mots, et, se disposant bientôt à la quitter, lui fit part de l'intention où elle était d'aller demander l'hospitalité à Madame Milin, dont tout le monde lui avait appris la bienfaisance et l'humanité.

Elle parlait à Madame Milin elle-même, qui entendait ainsi son éloge d'une manière qui ne pouvait lui être suspecte de flatterie.

---

1. Le *postoïaleoï dvor* est la dénomination que prennent les auberges dans les lieux habités, tandis qu'elles s'appellent plus modestement *khartsma* lorsqu'elles sont isolées sur les grandes routes.

Cette bonne dame, avant de se faire connaître à la voyageuse, voulut s'amuser un instant de son embarras.

« Cette dame Milin, dit-elle, qu'on vous vante tant, n'est pas aussi bienfaisante que vous l'imaginez. Si vous voulez m'en croire et venir avec moi, je vous procurerai un bien meilleur gîte. »

D'après tout le bien qu'on lui avait dit de Madame Milin à l'auberge, Prascovie prit une mauvaise idée de sa nouvelle connaissance : elle la suivit sans oser refuser et sans accepter sa proposition.

« Au reste, lui dit Madame Milin, voyant qu'elle ralentissait le pas, si vous tenez si fort à vous rendre chez cette dame, voici sa maison à deux pas d'ici ; entrons chez elle, vous verrez comment vous y serez reçue ; mais permettez-moi que, si l'on ne vous y retient pas, vous viendrez avec moi. »

Prascovie, sans répondre, entra dans la maison, et, s'adressant aux femmes de Madame Milin, leur demanda si leur maîtresse était chez elle. Les femmes, étonnées de cette question en présence de leur maîtresse elle-même, ne répondirent rien.

« Puis-je voir Madame Milin ? répéta la voyageuse. »

— » Mais, dit enfin une des femmes, la voilà ! »

Prascovie, en se retournant, vit Madame Milin qui ouvrait les bras pour la recevoir.

« Oh ! je savais bien que Madame Milin ne pouvait pas être une méchante femme ! » dit la jeune fille en lui baisant les mains.

Cette petite scène fit le plus grand plaisir à sa bienfaitrice.

Elle envoya chercher son amie, Madame G..., aussi bonne et aussi charitable qu'elle, pour lui recommander la jeune voyageuse et pour aviser ensemble aux moyens de lui être utile.

Après le déjeuner, et lorsque Prascovie se fut un peu familiarisée avec ses nouvelles protectrices, elle leur raconta dans le plus grand détail l'histoire malheureuse de ses parents, et ne leur cacha pas le projet extraordinaire qu'elle avait formé d'aller à Saint-Pétersbourg demander la grâce de son père.

Madame Milin, sans trop croire au succès de son entreprise, ne l'en détourna pas ; mais les deux dames résolurent de la retenir jusqu'au printemps.

Le froid était devenu excessif.

La voyageuse elle-même voyait l'impossibilité de continuer sa route pendant la rigueur de la saison ; et les dames, qui voulaient la garder, ne lui parlèrent point encore de ce qu'elles avaient le pouvoir de faire, et de ce qu'elles firent en effet plus tard pour l'aider dans son entreprise.

Prascovie se trouvait bien heureuse chez elles. Les caresses et la noble familiarité de ces personnes distinguées avaient un charme tout nouveau pour elle ; aussi le souvenir du temps fortuné qu'elle passa dans leur société ne sortait point de sa pensée.

Lorsque dans la suite elle racontait cette partie de son histoire, le nom chéri de Madame Milin amenait toujours dans ses yeux des larmes de reconnaissance.

Cependant sa santé se trouvait fort ébranlée : la nuit désastreuse qu'elle avait passée dans la forêt lui avait laissé un rhume violent, que les grands froids n'avaient fait qu'augmenter.

Elle profita de son séjour à Ékaterinembourg pour se soigner, et surtout pour apprendre à lire et à écrire.

Cette circonstance de sa vie donnerait une bien mauvaise idée de ses parents, pour avoir négligé jusqu'à ce point l'éducation de leur unique enfant, si la pensée d'un exil éternel ne leur avait peut-être fait envisager comme inutile, ou même dangereuse, toute instruction pour leur fille, destinée en apparence à vivre dans les dernières classes de la société.

Cette profonde ignorance, et l'abandon total dans lequel elle avait vécu jusqu'alors, rendent plus extraordinaire encore l'essor généreux de son âme.

Quoi qu'il en soit, Prascovie, occupée en Sibérie des travaux domestiques, avait absolument oublié le peu de lecture qu'elle avait apprise dans sa première enfance.

Elle se mit à l'étude avec toute l'ardeur et la force de son caractère, et fut en quelques mois en état de comprendre un livre de prières que lui avaient donné ses protectrices : l'on était souvent obligé de l'arracher à cette occupation.

Le plaisir qu'elle éprouvait, en trouvant dans ces prières les sentiments naturels de son cœur développés et exprimés d'une manière si claire et si touchante, lui faisait désirer vivement l'instruction.

« Combien les gens du monde sont heureux, disait-elle ; comme ils doivent prier Dieu de bon cœur, étant si bien instruits de leur religion, avec tant de moyens d'exprimer leur dévotion, et tant sujets de reconnaissance envers la Providence pour les faveurs dont elle les a comblés ! »

Madame Milin souriait à ces réflexions de la jeune fille ; mais elle pensait que rien ne devait être impossible à une piété si vraie, à des prières si ardentes.

Cette pensée persuada, plus que toute autre chose, les deux charitables femmes qu'il fallait la favoriser dans ses projets, et l'abandonner à la Providence, qui semblait la protéger si visiblement.

Madame Milin et son amie n'avaient rien négligé jusqu'alors pour la dissuader, et lui avaient fait les offres les plus obligeantes, les plus avantageuses, pour la retenir auprès d'elles ; mais rien n'avait pu l'ébranler.

Elle se reprochait le bien-être et le bonheur dont elle jouissait à Ékaterinembourg.

« Que fait mon père, maintenant, tout seul dans le désert, tandis que sa fille s'oublie ici au milieu de toutes les douceurs de la vie ? »

Telle était la question que ne cessait de s'adresser Prascovie.

Ces dames se décidèrent donc à lui donner les moyens de continuer sa route.

Au retour du printemps, Madame Milin, après avoir pourvu à tout ce dont elle pouvait avoir besoin, arrêta pour elle une place sur un bateau de transport ; elle la mit sous la garde d'un homme qui se rendait à Nijni Novogorod pour des affaires de commerce, et qui était habitué à ce voyage difficile.

Avant de passer les monts Ourals, qui séparent Ékaterinembourg de Nijni, on s'embarque sur les rivières qui sortent de ces mêmes montagnes et qui se portent vers le nord. On voyage par eau jusque dans le Tobol, que l'on quitte ensuite pour s'approcher des montagnes. Le passage n'est ni bien haut ni très difficile. Lorsqu'on l'a franchi, l'on s'embarque de nouveau sur les eaux qui descendent dans le Volga.

Prascovie, n'ayant pas les moyens de se procurer une voiture et de voyager en poste, profita d'une des nombreuses embarcations qui portent en Russie le fer et le sel par la Tchousova et la Khama.

Son conducteur lui épargna tous les embarras de ce long voyage, qu'elle n'aurait pu faire seule sans courir de grands dangers ; mais son malheur voulut que cet homme tombât malade en traversant les défilés, et fût contraint de s'arrêter dans un petit village sur les bords de la Khama ; elle fut donc encore livrée à elle-même et privée de tout appui.

Elle fit heureusement le trajet jusqu'à l'embouchure de la Khama dans le Volga.

Depuis ce lieu, le bateau, remontant le fleuve, était tiré par des chevaux.

La voyageuse éprouva dans ce dernier trajet un accident qui lui fit courir les plus grands dangers.

Pendant un de ces violents orages qui sont très fréquents dans ces contrées, les bateliers, voulant éloigner la barque du rivage, poussèrent avec force une grande rame, qui servait de gouvernail, du côté où plusieurs personnes étaient assises sur le bord du bateau, et n'eurent plus le temps de la retirer : trois passagers, au nombre desquels était Prascovie, furent renversés dans le fleuve.

On les retira aussitôt, et la jeune fille ne fut point blessée ; mais la honte qu'elle éprouvait de changer de vête-

SAINT-PÉTERSBOURG.

Pont du Palais.

ments devant tout le monde, fit qu'elle les laissa sécher

4

sur elle ; un violent rhume fut la suite de cet accident, qui eut une influence malheureuse sur sa santé.

Les dames d'Ékaterinembourg, qui avaient chargé son conducteur de faire les arrangements nécessaires pour la continuation de son voyage depuis Nijni, ne l'avaient recommandée à personne dans cette ville, où Prascovie n'avait pas l'intention de s'arrêter ; elle se trouva donc, à son arrivée, sans connaissance et sans protection.

Les bateliers la déposèrent sur le bord du fleuve avec son petit équipage, qui était devenu plus volumineux par les soins de Madame Milin.

En face du pont où l'on débarque ordinairement sur le rivage du Volga, se trouvent une église et un couvent de religieuses situés sur une éminence.

Elle s'y achemina pour faire ses prières accoutumées, se proposant d'aller ensuite chercher un gîte quelque part dans la ville.

En entrant dans l'église, qui lui parut déserte, elle entendit, au travers de la grille, les chants des religieuses qui achevaient leurs prières du soir, et regarda cette circonstance comme de bon augure.

« Un jour, se disait-elle, si DIEU favorise mes vœux, je serai de même cachée sous le voile, n'ayant plus d'autre occupation que celle de remercier la Providence de ses faveurs. »

Lorsqu'elle sortit de l'église, le soleil se couchait : elle s'arrêta quelque temps sous la porte, frappée de la belle vue qui se présentait à ses regards.

La ville de Nijni Novogorod, située au confluent de deux grands fleuves, l'Oca et le Volga, offre, du point où elle

se trouvait, un des plus beaux sites que l'on puisse contem-
pler : son étendue lui paraissait immense et lui inspirait
une espèce de crainte.

En partant d'Ischim, Prascovie ne s'était représenté que
les dangers physiques qu'elle pouvait courir : elle était
préparée d'avance à braver la faim et les froids les plus
rigoureux, la mort elle-même ; mais depuis que la société
commençait à lui être connue, elle entrevoyait des obstacles
d'un autre genre, contre lesquels son courage ne pouvait la
soutenir.

Après avoir échappé au désert, elle pressentait cette
affreuse solitude des grandes villes, où le pauvre est seul
au milieu de la foule, et où, comme par un horrible enchan-
tement, il ne voit autour de lui que des yeux qui ne regar-
dent pas et des oreilles sourdes à ses plaintes.

Depuis qu'elle avait connu les dames d'Ékaterinembourg, un nouveau sentiment des bienséances, et un peu
d'orgueil peut-être, lui rendaient plus pénibles les démarches auxquelles l'obligeait sa situation.

« Hélas ! disait-elle, où trouverai-je des amies comme
celles que j'ai quittées ? Me voilà maintenant à plus de
mille verstes d'elles ! Que deviendrai-je en arrivant à
Pétersbourg lorsque j'approcherai du palais impérial, moi
qui tremble de me présenter ici dans une misérable
auberge ? »

Ces réflexions s'offrirent avec tant de force à son esprit
que, pour la première fois, un profond découragement
s'empara d'elle et lui arracha des larmes. Le souvenir de
son père qu'elle avait abandonné, peut-être inutilement, la
remplit de regrets et de terreur. Mais bientôt elle se repro-

cha sa faiblesse et son manque de confiance en DIEU ; elle
en demanda pardon à son ange gardien : « Et ce fut lui,
sans doute, disait-elle, en parlant de cette circonstance
de sa vie, qui m'inspira la pensée de rentrer dans l'église
pour demander à DIEU le courage que j'avais perdu. »

En effet, elle rentra précipitamment pour implorer le
secours du Ciel.

Une religieuse se trouvait dans ce moment près de la
porte pour la fermer : frappée du mouvement subit de la
jeune étrangère, qui ne l'aperçut pas, ainsi que de la ferveur qu'elle mettait à ses prières, elle l'aborda pour l'interroger et l'avertir qu'il était l'heure de fermer l'église.

Prascovie, un peu déconcertée, lui raconta naïvement
la cause de sa brusque rentrée dans le temple, lui fit
part de la répugnance qu'elle avait d'aller chercher un
asile dans une auberge, et finit par la supplier de lui
en accorder un dans le couvent, ne fût-ce que dans les
cloîtres.

La portière lui répondit qu'on ne logeait pas dans le
couvent, mais que Madame l'abbesse pourrait lui donner
quelques secours.

« Je n'en demande pas d'autre qu'un asile pour cette
nuit, répliqua Prascovie en montrant une bourse qui contenait quelque argent. Des dames charitables m'ont donné
les moyens de me passer d'aumônes pour quelque temps,
et je ne demande que la protection du couvent pour cette
nuit. Demain, je continuerai ma route. »

La religieuse consentit à la conduire chez l'abbesse.

La respectable supérieure était en prières lorsqu'elles
entrèrent dans sa chambre : la portière s'arrêta près de la

porte, et se mit à genoux ; Prascovie l'imita, et pria Dieu de lui rendre l'abbesse favorable.

Lorsque celle-ci eut fini son oraison, elle s'approcha de la jeune fille, qui restait à genoux, et la releva avec bonté. Prascovie lui dit son nom et le but de son voyage ; elle montra son passe-port et demanda l'hospitalité pour la nuit, ce qui lui fut accordé.

Bientôt entourée de plusieurs religieuses amenées par la curiosité dans l'appartement de l'abbesse, elle répondit aux interrogations multipliées qui lui furent faites, et raconta les aventures pénibles de son voyage avec tant de simplicité et une éloquence si naturelle, qu'elle fit verser des larmes aux dames qui l'écoutaient et leur inspira le plus vif intérêt.

On la combla de caresses et de soins ; l'abbesse la logea dans son propre appartement, et forma dès lors le projet de la retenir au couvent et de la compter au nombre de ses novices.

Prascovie s'était proposé depuis longtemps de prendre le voile si son entreprise réussissait.

On a vu précédemment que, jusqu'à son arrivée à Ékaterinembourg, elle avait cru que la ville de Kiew était sur le chemin de Pétersbourg. C'était dans cette ville qu'elle s'était promis de faire ses vœux dans la suite ; elle espérait voir en passant les fameuses catacombes, honorer les reliques des saints qu'elles renferment (1), et s'arrêter une

---

1. Les catacombes de Kiew sont de vastes galeries souterraines, attenantes à la cathédrale, desservies par les religieux d'un ancien et riche couvent. On conserve dans ces souterrains une immense quantité de saints grecs, dont les corps intacts exposés à la vénération des fidèles, sont

place pour l'avenir dans une des maisons religieuses de cette ville. Ayant reconnu son erreur, elle ne fit aucune difficulté de choisir le couvent de Nijni pour sa dernière retraite ; mais elle le promit seulement à la supérieure, et comme on la pressait d'en faire le vœu formel, elle refusa.

« Sais-je moi-même, répondit-elle, ce que DIEU exige de moi ? Je veux, je désire sincèrement finir ici mes jours ; et si telle est la volonté de la Providence, qui pourra s'y opposer ? »

Elle consentit à demeurer quelques jours à Nijni pour se reposer et pour chercher les moyens de se rendre à Moscou, mais bientôt elle se ressentit de ses fatigues, et tomba dangereusement malade.

Depuis sa chute dans le Volga, elle avait une toux profonde qui l'incommodait beaucoup. Une fièvre ardente ne tarda pas à se déclarer ; cependant, quoique les médecins eux-mêmes désespérassent de sa vie, elle n'eut jamais aucune inquiétude.

« Je ne crois point, disait-elle, que mon heure soit encore venue, et j'espère que DIEU me permettra d'achever mon entreprise. »

Elle se remit en effet, quoique très lentement, et passa le reste de la belle saison au couvent.

Dans l'état de faiblesse où elle était encore, elle ne pouvait continuer son voyage à pied, moins encore sur des chariots de poste : n'ayant aucun moyen de se procurer une voiture commode, elle se vit donc obligée d'atten-

recouverts de riches habits, qui laissent voir les visages, les mains et les pieds. Les chairs desséchées ont à peu près la couleur et la solidité du bois d'acajou.

dre le *traînage* (1) pour avoir la possibiité de se rendre à
Pétersbourg sans éprouver la fatigue des voitures ordinaires.

Elle suivit pendant ce temps les offices et la règle du
couvent avec une assiduité qui retarda peut-être son rétablissement, et elle se perfectionna dans ses études.

Cette conduite acheva de lui gagner l'estime de l'abbesse
et des religieuses, qui prirent pour elle la plus véritable
affection, et ne doutèrent point qu'elle n'accomplît un
jour sa promesse de revenir prendre le voile dans leur
couvent.

Enfin, lorsque les chemins d'hiver furent établis, elle
partit pour Moscou, en traîneau couvert, avec des voyageurs qui faisaient la même route.

L'abbesse, n'ayant pu lui faire abandonner son entreprise, lui donna une lettre de recommandation pour une
de ses amies, Mademoiselle de S***, à Moscou, et l'assura
qu'elle pourrait toujours regarder sa maison comme un
refuge certain, dans lequel elle serait reçue en fille chérie,
quel que fût le succès de son voyage.

Prascovie arriva à Moscou sans embarras et sans acci-
dents.

Mademoiselle de S*** eut pour elle beaucoup d'é-
gards et de soins, et la retint quelques jours pour lui chercher un compagnon de voyage jusqu'à Saint-Pétersbourg.

1. On appelle ainsi l'époque où les chemins commencent à être prati-
cables pour les traîneaux.

Elle partit avec un marchand qui voyageait avec ses propres chevaux, et qui demeura virgt jours en chemin.

MOSCOU.
Le Kremlin.

Outre les lettres de recommandation qui lui avaient été remises par les dames d'Ékaterinembourg, elle en reçut une de Mademoiselle de S*** pour Madame la princesse de T***, personne respectable et très âgée.

Telles étaient ses ressources lorsqu'elle arriva dans la capitale, vers le milieu de février, environ dix-huit mois après son départ de Sibérie, avec autant de courage et d'espoir qu'elle en avait le premier jour de son voyage.

Elle logea chez son conducteur, sur le canal d'Ékaterinski, et fut quelque temps comme perdue dans cette grande ville avant de savoir ce qu'elle devait entreprendre et comment remettre ses lettres de recommandation : ce qui lui fit perdre un temps précieux.

Le marchand, occupé de son commerce, ne songeait guère à elle ; il s'était cependant chargé de trouver la demeure de la princesse de T*** ; mais avant d'avoir accompli sa promesse, il fut obligé de partir pour Riga, laissant Prascovie sous la garde de sa femme, qui la traitait fort bien sans pour cela lui être d'aucun secours pour ses projets.

La lettre de Madame G*** était adressée à une autre personne qui logeait de l'autre côté de la Néva.

Comme l'adresse en était bien détaillée, Prascovie, quelques jours après le départ du marchand, se mit en chemin avec son hôtesse pour Wassili-Ostrow (1). Mais la Néva était ébranlée, la débâcle des glaces approchait, et la police ne permettait plus le passage.

Elle revint donc au logis, désolée de ce contre-temps.

Dans l'embarras où elle se trouvait, un des habitués de la maison du marchand lui conseilla, très mal à propos,

---

1. L'île de Basile, située quartier de la rive droite de la Néva.

de donner une supplique au Sénat pour obtenir la revision du procès de son père, et s'offrit de trouver un écrivain pour la rédiger.

Le succès de celle qu'elle avait adressée au gouverneur de Tobolsk la décida.

On lui fit écrire une supplique très mal conçue et n'ayant pas la forme requise, sans lui donner la moindre notion sur la manière dont elle devait être présentée.

Ce projet ne lui permit pas de remettre avec l'activité nécessaire ses lettres de recommandation, qui auraient pu lui être bien plus utiles.

Munie de sa supplique, notre intéressante solliciteuse se rendit un matin au Sénat, monta le grand escalier, et pénétra jusque dans une des chancelleries ; mais elle se trouva fort embarrassée parmi tant de monde, ne sachant à qui s'adresser.

Les secrétaires, dont elle s'approchait avec sa supplique, lui jetaient un coup d'œil et se remettaient froidement à écrire ; d'autres personnes qui la rencontraient dans la chambre, au lieu de l'écouter ou de recevoir sa supplique, se détournaient d'elle comme on ferait d'un meuble ou d'une colonne qui barre le chemin.

Enfin un des invalides, garde de la chancellerie, qui traversait rapidement la salle, l'ayant rencontrée, se détourna sur la droite pour passer, tandis que Prascovie en faisait autant du même côté pour lui faire place, de manière qu'ils se heurtèrent rudement.

Le vieux garde, de mauvaise humeur, lui demanda ce qu'elle voulait.

La jeune fille lui présenta sa supplique en le priant de

la donner au Sénat. Cet homme, la croyant une mendiante, pour toute réponse la prit par le bras et la mit à la porte.

Elle n'osa plus rentrer, et demeura le reste de la matinée sur l'escalier, dans l'intention de présenter sa supplique au premier sénateur qu'elle rencontrerait.

Elle vit plusieurs personnes descendre de voiture et monter l'escalier ayant des étoiles sur la poitrine : elles avaient toutes une épée, des bottes et un uniforme ; quelques-unes avaient des épaulettttes.

Elle pensa que c'étaient des officiers et des généraux, attendant toujours de voir arriver un sénateur, qui, d'après l'idée qu'elle s'en était formée, devait avoir quelque chose de particulier, qui le ferait reconnaître, et n'offrit sa supplique à personne.

Enfin, vers trois heures après midi, tout le monde s'écoula, et Prascovie, se voyant seule, se retira la dernière, fort étonnée d'avoir vu tant de monde au Sénat sans rencontrer un sénateur.

A son retour, elle fit part de son observation à la marchande, qui eut beaucoup de peine à lui faire comprendre qu'un sénateur était fait comme un autre homme, et que ceux qu'elle avait vus étaient précisément les sénateurs auxquels elle aurait dû remettre sa supplique.

Le lendemain, à l'heure de la rentrée du Sénat, elle se trouva sur l'escalier, et présenta son écrit à tous les arrivants pour ne pas manquer les sénateurs, sur la nature desquels il lui restait encore quelques doutes ; mais personne ne voulut le recevoir.

Elle vit enfin arriver un gros monsieur avec un cordon

rouge, un uniforme rouge, une étoile de chaque côté de la poitrine, et l'épée au côté.

« Pour cette fois, se dit à elle-même la solliciteuse, c'est un sénateur ou il n'y en a pas dans le monde ! »

Elle s'approcha de lui et lui présenta son papier en le suppliant de vouloir bien lui donner cours : comme elle barrait le chemin, un laquais du sénateur l'écarta douce- ment du passage : et son maître, croyant qu'elle deman- dait l'aumône, lui dit : « DIEU vous bénisse ! » et monta l'escalier.

Prascovie retourna pendant plus de quinze jours au Sénat sans obtenir plus de succès. Souvent fatiguée de rester debout dans un escalier froid et humide, elle s'ac- croupissait sur une des marches pour réchauffer ses pieds glacés, cherchant dans la physionomie des passants et des employés quelques signes de compassion et de bienveil- lance, qu'elle y aurait certainement trouvés s'ils avaient connu sa situation.

Telle est la constitution de la société dans les grandes villes : la misère et l'opulence, le bonheur et l'infortune se croisent sans cesse et se rencontrent sans se voir ; ce sont deux mondes séparés qui n'ont aucune analogie, mais entre lesquels un petit nombre d'âmes compatissantes, marquées par la Providence, établissent des points rares de communication.

Un jour, cependant, un des employés, qui l'avait sans doute remarquée précédemment, s'arrêta près d'elle, prit la supplique et sortit de sa poche un paquet de papiers. La malheureuse conçut un instant d'espoir ; mais le paquet était une somme d'assignations, parmi lesquelles il en prit une de cinq roubles, la mit dans la supplique, et, rendant le tout à la suppliante, rentia dans l'appartement et disparut.

Prascovie, toute déconcertée, serra l'assignation et se retira. « Je suis sûre, disait-elle un jour à son hôtesse, que si un frère de Madame Milin se trouvait parmi les sénateurs, il aurait pris ma supplique sans me connaître. »

Les fêtes de Pâques, pendant lesquelles le Sénat ne s'assemble pas, lui donnèrent quelque repos ; elle en profita pour faire ses dévotions.

En se livrant à ce pieux exercice, elle renouvela ses prières pour le succès de son entreprise ; et telle était la sincérité de sa foi, qu'après sa communion elle revint persuadée qu'on prendrait sa supplique au Sénat la première fois qu'elle s'y présenterait ; ce qu'elle ne manqua point d'annoncer à la marchande pour une chose certaine.

Cette dernière était bien loin de partager son espérance, et lui conseilla d'abandonner cette voie : cependant, comme le jour de la rentrée du Sénat, elle avait des affaires au quai Anglais, voyant Prascovie s'acheminer à pied, elle lui offrit de la conduire en *droschky* (1).

« Je ne sais, lui disait-elle en chemin, comment vous n'êtes pas découragée de tant de démarches inutiles ! A votre place je laisserais là le Sénat et les sénateurs, qui ne feront jamais rien pour vous ; c'est tout comme, ajouta-t-elle en lui montrant la statue de Pierre-le-Grand qui se trouvait près d'elle, c'est tout comme si vous offriez votre supplique à cette statue que voilà ; vous n'en obtiendrez rien de plus.

---

1. Petite voiture basse sur quatre roues ; elle remplace l'usage du cabriolet chez nous.

— » J'espère, répondit Prascovie, que ma foi me sau-

SAINT-PÉTERSBOURG. — Quai des Anglais.

vera. Aujourd'hui je ferai ma dernière démarche au Sénat

et l'on prendra sûrement ma supplique : DIEU est tout-
puissant. Oui, ajouta t-elle en descendant du *droschky*,
DIEU est tout puissant, et peut, si telle est sa volonté, forcer cet homme de fer à se baisser et à prendre ma supplique. »

La marchande, à ces mots, fit un grand éclat de rire, et
Prascovie, revenue de son enthousiasme, en rit elle-même ;
cependant elle n'avait exprimé que sa pensée.

Tandis qu'elle examinait la statue, sa compagne lui fit
observer que le pont de la Néva, qui était tout près, était
replacé ; des voitures sans nombre se rendaient à Wassili-
Ostrow et en revenaient.

« Avez-vous la lettre de recommandation pour Madame
de L*** ? lui demanda-t-elle ; je ne suis pas pressée, et je
puis vous conduire à sa porte. »

Il était de bonne heure encore, et Prascovie y consentit.

Elles passèrent le pont : le fleuve, qui n'était quinze
jours auparavant qu'une plaine de glaçons mouvants, dé-
gagé maintenant de toutes ses neiges et couvert de vais-
seaux et d'embarcations de toute espèce, la surprit agréa-
blement. Tout était en mouvement autour d'elle ; le temps
était superbe ; elle sentait redoubler son courage, augu-
rant bien de la visite qu'elle allait faire.

« Il me semble, dit-elle en embrassant sa conductrice,
que DIEU est avec moi et qu'il ne m'abandonnera pas. »

Elle trouva Madame de L*** déjà prévenue de son
arrivée par une lettre d'Ékaterinembourg, et reçut d'obligeants reproches lorsqu'on apprit qu'elle était depuis si
longtemps à Pétersbourg.

La réception affectueuse et cordiale qu'elle éprouvait lui rappela vivement la maison et la société de Madame Milin.

Lorsque la connaissance fut faite et la familiarité bien établie, Prascovie développa le plan qu'elle avait formé pour obtenir la délivrance de son père, et conta les démarches infructueuses qu'elle avait déjà faites au Sénat.

M. de L*** examina sa supplique, et trouva qu'elle n'était pas dressée dans les formes.

« Personne mieux que moi, lui dit-il, n'aurait pu vous aider dans cette affaire : un de mes proches parents occupe un emploi d'assez grande importance au Sénat ; mais je vous avouerai, comme je le ferais à une ancienne amie, que nous sommes brouillés depuis quelque temps. Cependant l'occasion est trop belle, et la brouillerie de trop peu d'importance pour que j'hésite à faire les premiers pas ; nous voilà d'ailleurs au temps de Pâques, et je serai charmé que vous soyez la cause de notre réconciliation. »

On garda la jeune fille à dîner ; plusieurs convives arrivèrent peu à peu et lui témoignèrent le plus vif intérêt.

Au moment où l'on allait se mettre à table, le parent dont on a parlé se présenta tout à coup dans la salle à manger en disant : « *Christos voscres*, » suivant l'usage au temps de Pâques (1).

Il n'y eut point d'autre explication que les embrassements les plus sincères.

---

1. Il est d'usage en Russie d'embrasser ses amis et ses connaissances la première fois qu'on les rencontre dans la semaine de Pâques : le plus empressé dit en embrassant: *Christos voscres*, (Le CHRIST est ressuscité); l'autre répond : *Voïstino voscres*, (En vérité il est ressuscité).

M. de L***, profitant de la bonne disposition de son parent, lui présenta la jeune Sibérienne.

On s'entretint de son affaire pendant le dîner, et tout le monde convint qu'en lui conseillant de s'adresser au Sénat, on lui avait indiqué une mauvaise voie.

La revision du procès de son père, en suivant toutes les formes de la justice, aurait pu durer bien longtemps : on pensait qu'il serait beaucoup plus avantageux de s'adresser directement à la bonté de l'empereur, et l'on promit d'en chercher les moyens avec le temps.

Enfin, tous les convives l'avertirent de ne plus s'exposer aux aventures du sénat, dont le récit avait fort amusé la société.

Vers le soir, Madame de L*** la fit reconduire chez le marchand par son domestique.

En revenant chez son hôte, Prascovie admirait comment la Providence l'avait conduite chez M. de L*** au moment de la réconciliation des deux parents, et comme pour les lui rendre favorables ; et lorsqu'elle passa devant le sénat, elle se rappela la prière qu'elle avait faite à Dieu de ne plus y retourner qu'une fois. — Sa bonté, pensait-elle, a fait plus que je ne lui avais demandé : car je ne serai plus obligé d'y retourner ; et cet homme de fer aussi m'a rendu service, par la grâce de Dieu, dit-elle en regardant la statue de Pierre-le-Grand ; sans lui je n'aurais peut-être pas vu que le pont était rétabli ; je n'aurais pas fait la connaissance de ces bons amis qui m'ont promis leur secours, et par la protection desquels j'espère obtenir la liberté de mon père.

Statue de Pierre-le-Grand.

.*.

Telles étaient les réflexions de Prascovie, dont la foi la plus vive dirigeait et soutenait toutes les démarches.

Cependant, malgré tout l'intérêt que prenaient à elle ses amis de Wassili-Ostrow, son bonheur devait avoir une autre source.

L'hôte de Prascovie, revenu depuis quelques jours de Riga, avait été surpris de la trouver encore chez lui, et s'était mis aux enquêtes pour trouver la maison de la princesse T***, pour laquelle la jeune fille avait une lettre de recommandation ; cette dame, prévenue aussi de l'arrivée prochaine de la jeune voyageuse, l'attendait chez elle. Le marchand la vit et reçut l'ordre d'amener Prascovie.

Celle-ci quitta la maison qu'elle avait habitée pendant deux mois, et surtout sa bonne hôtesse, avec beaucoup de regrets ; mais la protection d'une grande dame favorisait tellement ses espérances que ce puissant intérêt l'emporta bientôt sur sa tristesse.

Lorsqu'elle arriva chez la princesse avec son conducteur, le portier lui ouvrit la porte.

Prascovie, le voyant tout galonné, crut que c'était encore un sénateur qui sortait de la maison, et lui fit la révérence:

« C'est le portier de la princesse, » lui dit à voix basse le marchand.

Arrivé au haut de l'escalier, le portier donna deux coups de sonnette dont elle ne comprit pas bien la raison ; mais comme elle avait vu quelquefois des sonnettes à la porte

des boutiques, elle pensa que c'était une précaution contre les voleurs.

En entrant dans le salon, elle fut intimidée par l'air
de cérémonie et par le silence qui y régnaient ; jamais elle
n'avait vu d'appartement si orné,et surtout si bien éclairé.

La société était nombreuse et disposée en groupes : les
jeunes gens jouaient autour d'une table dans un coin de
la chambre, et tous les regards étaient fixés sur elle. La
vieille princesse était à une partie de boston avec trois
autres personnes ; dès qu'elle aperçut de la jeune fille
elle lui ordonna de s'approcher.

« Bonjour, mon enfant, lui dit-elle. Avez-vous une
lettre pour moi »

Malheureusement Prascovie avait oublié de la prépa-
rer ; elle fut obligée de tirer un petit sac de son sein et
d'en sortir péniblement la lettre. Les jeunes personnes
présentes chuchotaient et riaient tout bas. La princesse
prit la lettre et la lut avec attention.

Pendant ce temps, un des partners qui avaient arrangé
son jeu et que cette visite ennuyait fort, jouait impatiem-
ment des doigts sur la table en regardant la nouvelle
arrivée, qui venait troubler son plaisir, et qui crut reconnaître en lui le gros monsieur qui avait refusé sa supplique
au Sénat. Lorsqu'il vit la princesse replier sa lettre, il dit
d'une voix formidable : « Boston ! »

Prascovie, déjà déconcertée, voyant qu'il la regardait
fixement, crut qu'il lui adressait la parole, et répondit :
« Que vous plaît il, Monsieur ? » Ce qui fit rire tout le
monde.

La princesse lui dit qu'elle était charmée de connaître

sa bonne conduite et son amour pour ses parents : elle
promit de lui être utile, et, après avoir dit quelques mots
en français à une dame de sa maison, elle la congédia
d'un signe de tête.

Pendant les premiers jours qu'elle passa chez sa nouvelle protectrice, Prascovie se trouva fort isolée et fort
embarrassée ; elle aurait préféré être revenue chez ses
amis de Wassili-Ostrow ou même chez le marchand.

Cependant, après quelques jours, elle fut plus à son
aise dans la maison, et fit connaissance avec les personnes
qui l'habitaient. Les domestiques étaient aussi obligeants
que leur maîtresse était bonne et généreuse. Elle man-
geait à la table de la princesse, que son grand âge et ses
infirmités empêchaient souvent de paraître, et n'avait
jamais l'occasion de lui parler en particulier. Bientôt les
personnes de la société s'accoutumèrent à sa présence et
ne s'occupèrent plus d'elle.

La jeune étrangère avait souvent fait parler à la princesse du but de son voyage et de ses espérances ; mais
soit que cette dame en regardât le succès comme impossible, soit que les personnes qui s'étaient chargées de lui
parler l'eussent négligé, ses prières n'eurent aucun résul-
tat, et toutes ses espérances étaient uniquement fondées
sur la protection de ses amis de Wassili-Ostrow, qu'elle
voyait assez souvent.

Pendant qu'elle était encore chez son premier hôte, un
officier de la chancellerie, M. V***, secrétaire des com-
mandements de S. M. I. l'impératrice-mère, lui avait conseillé de présenter une requête pour obtenir des secours,
et s'était chargé lui-même de la faire parvenir.

M. V***, croyant secourir un pauvre ordinaire, lui avait destiné cinquante roubles et lui fit dire de passer chez lui. Elle s'y présenta le matin lorsqu'il était en ville, et fut reçue par Madame V***, qui l'accueillit amicalement et qui entendit le récit de ses aventures avec autant de surprise que de plaisir. La jeune fille était enfin sur la route qui devait la conduire bientôt à l'accomplissement de tous ses vœux. Madame V*** la pria d'attendre le retour de son mari ; et, dans la longue conférence qu'elles eurent ensemble, cette dame sentit redoubler l'intérêt qu'elle avait conçu au premier abord pour Prascovie.

Lorsque les personnes d'un vrai mérite, lorsque les âmes bonnes se rencontrent pour la première fois, elles ne font point connaissance : on peut dire qu'elles se reconnaissent comme de vieux amis, qui n'étaient séparés que par l'éloignement ou l'inégalité des conditions.

Dans la première heure que Prascovie passa chez cette dame, elle reconnut avec transport cet accueil simple et cordial qui ne l'avait jamais trompée dans ses espérances, et pressentit son bonheur ; elle trouvait dans son cœur plus de confiance qu'elle n'en avait jamais éprouvé.

Ses prières, écoutées par la bienveillance et soutenues par l'espoir, eurent toute la chaleur qui devait en assurer le succès.

A son retour, M. V*** partagea les sentiments de son épouse, et ne voulut point offrir à la jeune fille le secours qu'il lui avait destiné sans la connaître. Comme il devait retourner à la cour incessamment, il promit de la recommander à Sa Majesté si le temps et les affaires le permettaient, et la pria de dîner chez lui pour recevoir sa réponse.

L'impératrice ordonna que Prascovie lui fût présentée le même soir à six heures.

La voyageuse ne s'attendait point à tant de bonheur. Lorsqu'elle en reçut l'assurance, elle pâlit et fut prête à se trouver mal. Au lieu de remercier M. V***, elle leva vers le ciel ses yeux pleins de larmes. « O mon DIEU ! s'écria-t-elle, je n'ai donc pas mis en vain mon espoir en vous ! »

Pleine du trouble qui l'agitait et ne sachant comment témoigner sa reconnaissance à son nouveau protecteur, elle baisait les mains de Madame V***. « Vous seule, lui disait-elle, êtes digne de faire agréer mes remerciements à l'homme bienfaisant dont j'attends la délivrance de mon père ! »

Vers le soir, sans rien changer à son costume simple, on donna quelque soins à sa toilette, et M. V*** la conduisit à la cour.

En approchant du palais impérial, elle pensait à son père qui lui en avait représenté l'entrée comme si difficile. « S'il me voyait maintenant ! disait-elle à son conducteur ; s'il savait devant qui je vais paraître ! quelle joie n'éprouverait-il pas ! Mon DIEU ! mon DIEU ! achevez votre ouvrage ! »

Sans faire la moindre demande sur la manière dont elle devait se présenter, ni sur ce qu'elle devait dire, elle entra sans trouble dans le cabinet de l'impératrice.

Sa Majesté la reçut avec sa bonté connue, et l'interrogea sur les circonstances de son histoire, qu'elle désirait connaître, d'après le précis que lui en avait fait M. V***.

Prascovie répondit avec une assurance modeste, comme

aurait pu le faire une personne possédant l'usage du
monde. Elle parla du but de son voyage ; persuadée de
l'innocence de son père, elle ne demanda point sa grâce,
mais la revision de son procès.

Sa Majesté loua son courage, sa piété filiale ; elle promit de la recommander à l'empereur, et lui fit aussitôt
remettre trois cents roubles pour ses premiers besoins en
attendant de nouveaux bienfaits.

Prascovie sortit du palais tellement pénétrée de son
bonheur et de la bonté de l'impératrice que, lorsqu'à
son retour, Madame V*** lui demanda si elle était contente de sa présentation, elle ne put répondre que par un
torrent de larmes.

Pendant son absence, une dame de la maison de la
princesse T***, ne la voyant pas revenir depuis le matin,
interrogea le domestique qui l'avait accompagnée, et
apprit de lui qu'il l'avait vue monter en voiture avec M.
V*** pour se rendre à la cour : on était donc informé de
sa présentation.

Lorsqu'elle rentra, vers les neuf heures du soir, elle fut
aussitôt, et pour la première fois, appelée au salon : le
succès qu'elle venait d'obtenir avait opéré une petite révo-
lution dans l'esprit de tout le monde. Son bonheur fit le
plus grand plaisir à ses amis, et parut en faire davantage
encore aux personnes qui ne lui avaient témoigné jusqu'alors que de l'indifférence. On observa qu'elle avait
une jolie tournure et de beaux yeux. Lorsqu'elle raconta
les promesses de Sa Majesté et les espérances qu'elle en
avait conçues pour la délivrance de son père, on trouva
cela tout naturel et fort aisé. Plusieurs des membres de la

société s'offrirent généreusement de parler au ministre en sa faveur et de la protéger ; enfin le contentement parut général, et le joueur de boston, après que les remises furent achevées, donna lui-même des marques sensibles d'intérêt.

Elle se retira bientôt dans sa chambre pour se mettre en prières et pour remercier DIEU des faveurs inattendues qu'elle venait d'en recevoir. Son bonheur lui ôta pendant plusieurs heures le sommeil qui l'avait fuie si souvent pour des causes bien différentes.

Lorsqu'elle se réveilla le lendemain, et que le souvenir de tout ce qui s'était passé la veille rentra dans sa mémoire, elle fit un cri de joie : « N'est-ce pas un songe trompeur qui m'abuse ? est-il bien vrai que j'aie vu l'impératrice ? qu'elle m'ait parlé avec tant de bonté ! »

Les transports de sa joie augmentaient à mesure que ses idées plus claires se débarrassaient des vapeurs du sommeil.

Elle s'habilla promptement, et, afin de s'assurer encore de la réalité des événements de la veille, elle courut aussitôt ouvrir un tiroir dans lequel se trouvait l'argent qu'elle avait reçu par ordre de Sa Majesté.

Quelques jours après, l'impératrice-mère lui fit assigner une pension, et voulut bien elle-même la présenter à l'empereur et à l'impératrice régnante, qui l'accueillirent aussi favorablement.

Elle reçut de leur générosité un présent de cinq mille roubles, et des ordres furent donnés pour la revision du procès de son père.

Le vif intérêt qu'elle inspira bientôt à M. de K***,

ministre de l Intérieur, ainsi qu'à toute sa famille, aplanit toutes les difficultés.

Cet homme respectable possédait deux avantages qui se trouvent rarement réunis dans les personnes en place : le pouvoir et le désir d'obliger ; et plus d'une fois les services qu'il aimait à rendre prévinrent les démarches des malheureux.

M. de K*** mit toute l'obligeance qui lui était naturelle à terminer la revision du procès dont il é·ait chargé; et, depuis ce moment, l'intéressante solliciteuse n'eut plus aucune inquiétude sur son sort à venir.

Connue à la cour et favorisée du ministre, Prascovie voyait avec plus de surprise encore que de joie l'empressement subit que le public lui témoignait. Les ministres étrangers et les personnes les plus considérables de la ville voulurent la voir, et lui donnèrent des marques de bienveillance. La princesse V*** et Madame W*** lui assurèrent l'une et l'autre une pension de cent roubles. Cette faveur générale n'influa point sur sa manière d'être, et ne lui donna jamais le moindre mouvement de vanité. Elle avait dans le monde cette assurance que donne la simplicité de l'innocence, j'oserai dire cette hardiesse de l'innocence, qui ne croit pas à la méchanceté des autres.

L'étude approfondie du monde ramène toujours ceux qui l'ont faite avec fruit à paraître simples et sans prétentions : en sorte que l'on travaille quelquefois longtemps pour arriver au point par où l'on devrait commencer. Prascovie, simple en effet et sans prétentions, n'avait besoin d'aucun effort pour le paraître, et ne se trouvait jamais déplacée dans la bonne société. Un jugement sain, un esprit juste et naturel, suppléaient à son ignorance profonde de toute chose, et souvent ses réponses inattendues et fermes déconcertèrent les indiscrets.

Un jour, quelqu'un l'interrompit au milieu de son récit, en présence d'une nombreuse assemblée, et lui demanda pour quel crime son père avait été condamné à l'exil. A cette question peu délicate, un profond silence annonça la désapprobation de la société. La jeune fille, jetant sur l'indiscret un regard plein d'une juste et froide indignation : « Monsieur, lui répondit-elle, un père n'est jamais coupable pour sa fille, et le mien est innocent. »

Lorsqu'elle racontait les détails de son histoire, et développait sans y penser les qualités de son noble caractère, elle n'était jamais charmée par l'enthousiasme qu'elle inspirait à ses auditeurs. Elle ne parlait que pour satisfaire aux demandes qu'on lui faisait. Ses réponses étaient toujours dictées par un sentiment d'obéissance, jamais par le désir de briller ou même d'intéresser personne. Les éloges qu'on lui prodiguait excitaient son étonnement, et lorsqu'ils étaient outrés ou même de mauvais goût, son mécontentement devenait visible.

Le temps qu'elle passa dans la capitale, en attendant le décret de rappel de son père, lui donna des jouissances innombrables. Tout était nouveau pour elle, tout l'intéressait. Les personnes qu'elle voyait fréquemment admiraient les jugements pleins de sens qu'elle portait sur les divers objets de ses observations.

Deux dames de la cour, qu'elle avait prises dans une affection particulière, les comtesses W***, lui proposèrent un jour de voir l'intérieur du palais impérial, et s'amusèrent beaucoup de la surprise que lui causaient à chaque pas tant de richesses réunies et de si vastes appartements.

Lorsqu'elle entra dans la magnifique salle de Saint-Georges, elle fit le signe de la croix croyant entrer dans une église.

Elle revit, sans les reconnaître, quelques salons qu'elle avait déjà parcourus lors de sa présentation, tant elle était alors préoccupée de sa situation et du sujet important qui l'y amenait.

Comme elle passait dans une grande pièce, l'esprit frappé par tant de merveilles, une des dames lui fit remarquer le trône. Elle s'arrêta tout à coup, saisie de respect et de crainte : « Ah ! c'est donc là, dit-elle, le trône de l'empereur ! Voilà donc ce que je craignais si fort en Sibérie ! »

L'effroi que lui causait jadis cette idée, le souvenir des bienfaits de l'empereur, la pensée de la délivrance prochaine de son père, remplirent son cœur reconnaissant d'un trouble inexprimable. Elle joignait les mains en pâlissant. « Voilà donc, répétait-elle d'une voix altérée, et prête à se trouver mal, le trône de l'empereur ! » Elle demanda la permission de s'en approcher et s'avança toute tremblante, soutenue par ses deux conductrices, vivement touchées elles-mêmes de cette scène inattendue. Prascovie, à genoux au pied de trône, en baisait les marches avec transports et les mouillait de ses larmes.

« O mon père s'écriait-elle, voyez-vous où la puissance de Dieu m'a conduite ! O mon Dieu ! bénissez ce trône, bénissez celui qui l'occupe, et faites que ses jours soient remplis de tout le bonheur dont il m'a comblée ! »

On eut quelque peine à l'entraîner dans un autre appartement ; mais elle demanda bientôt à se retirer, fatiguée des vives émotions qu'elle venait d'éprouver, et l'on remit à un autre jour la visite du palais.

Quelque temps après, les deux dames la conduisirent à l'Ermitage.

Ce superbe palais, dont les richesses et l'élégance donnent l'idée d'une féerie, lui causa plus de plaisir que tout ce qu'elle avait admiré jusqu'alors.

Elle voyait pour la première fois des tableaux, et parut prendre un grand plaisir à les examiner. Elle reconnut d'elle-même plusieurs sujets tirés de l'Écriture sainte; mais en passant devant un grand tableau de Luca Giordono, qui représente Silène ivre, soutenu par des bacchantes et des satyres : « Voilà, dit elle, un vilain tableau ! Que représente-t-il ? » On lui répondit que le sujet était tiré de la Fable. Elle demanda de quelle fable. Comme elle n'avait aucune idée de la mythologie, il eût été difficile de lui donner une explication satisfaisante. « Tout cela n'est donc pas vrai ! disait-elle. Voilà des hommes avec des pieds de chèvre. Quelle folie de peindre des choses qui n'ont jamais existé, comme s'il en manquait de véritables ! »

Elle apprenait ainsi, à l'âge de vingt-et-un ans, ce qu'on apprend ordinairement dans l'enfance.

Cependant sa curiosité ne la rendait guère indiscrète : elle faisait rarement des questions, et tâchait de comprendre ou de deviner elle-même ce que ses observations lui présentaient de singulier ou de nouveau.

Rien ne l'intéressait autant que de se trouver dans une société de personnes instruites, qui ne faisaient pas attention à elle, et d'entendre leurs discours : elle regardait alors tour à tour chaque interlocuteur à mesure qu'il parlait, et l'écoutait avec une attention particulière, n'oubliant rien de ce qu'elle avait entendu ou pu comprendre.

Lorsqu'elle était avec ses connaissance intimes, elle ramenait involontairement la conversation sur l'accueil bienveillant que lui avaient fait les deux impératrices. Elle rappelait avec sensibilité chacune de leurs paroles, et ne pouvait en parler sans que des larmes de reconnaissance vinssent humecter ses paupières ; elle était heureuse alors d'entendre chacun enchérir sur les sentiments d'admiration qu'elle témoignait, et s'étonnait de ce qu'on n'en parlait pas assez souvent à son gré.

L'ukase du rappel de son père tarda cependant plus qu'elle ne s'y était attendue.

Tandis que ses amis aplanissaient les difficultés de cette affaire, Prascovie n'oubliait point les deux prisonniers qui, lors de son départ d'Ischim, lui avaient offert de partager leur petit trésor avec elle.

Souvent elle avait parlé d'eux aux personnes qui pouvaient influer sur leur sort ; mais ses protecteurs lui avaient unanimement conseillé de ne pas ajouter cette démarche à celle qu'on faisait en faveur de son père, et la crainte seule de nuire à la cause de ses parents avaient pu l'empêcher de suivre ses bonnes intentions. Heureusement pour ces malheureux, la bonté de l'empereur lui donna l'occasion de leur être utile.

Lorsque l'ukase définitif de la délivrance de son père fut expédié en Sibérie, en lui faisant annoncer cette bonne nouvelle, Sa Majesté chargea le ministre de lui demander si elle n'avait rien à désirer personnellement pour elle-même.

Elle répondit aussitôt que si l'empereur voulait encore lui accorder une grâce après l'avoir comblée de bonheur par la délivrance de son père, elle le suppliait d'accorder la même faveur aux deux infortunés compagnons de ses parents.

L'empereur Alexandre Ier.

M. de K*** rendit compte à l'empereur de la noble reconnaissance qui portait la jeune fille à sacrifier les faveurs de Sa Majesté pour rendre service à deux hommes qui lui avaient offert quelques *kopecks* à son départ de la Sibérie. Son désir fut exaucé, et l'ordre de leur rappel

partit .quelques jours après celui qui concernait son
père.

Ainsi le mouvement de générosité, qui avait porté ces
deux hommes à secourir de leurs faibles moyens la voya·
geuse à son départ, leur valut la liberté.

Prascovie, ayant obtenu tout ce qu'elle désirait, songea
bientôt à remplir ses vœux, et repartit en pèlerinage pour
Kiew.

Ce fut en remplissant ce pieux devoir et en méditant
sur tout ce que la Providence avait fait en sa faveur,
qu'elle prit la détermination irrévocable de consacrer ses
jours à DIEU.

Tandis qu'elle se préparait à ce sacrifice et qu'elle prenait
le voile à Kiew, son père recevait, en Sibérie, la nouvelle
inattendue de sa liberté ; sa fille était partie depuis plus
de vingt mois, et, par une fatalité inexplicable, ses parents
n'avaient jamais reçu de ses nouvelles.

Pendant cet intervalle, l'empereur Alexandre était
monté sur le trône : à son heureux avènement un grand
nombre de prisonniers avaient été rappelés ; mais ceux
d'Ischim n'étaient pas du nombre.

Le sort de Lopouloff et de sa femme n'en était devenu
que plus cruel. Privés désormais de tout espoir, ainsi que
de la présence de l'enfant chérie qui les avait aidés à
supporter la vie, ils étaient prêts à succomber sous le poids
de leurs maux, lorsqu'un courrier du gouverneur de
Tobolsk vint les tirer de cet abîme. Ils reçurent, avec

l' ukase de leur délivrance, un passeport pour rentrer en Russie et une somme d'argent pour leur voyage.

Cet événement et les circonstances qui l'avaient amené firent beaucoup de bruit en Sibérie.

Les habitants d'Ischim, qui connaissaient Lopouloff ainsi que les prisonniers qui se trouvaient dans le village, vinrent chez lui dès qu'ils en eurent connaissance.

Ceux de ses anciens compagnons d'infortune qui tournaient en ridicule l'entreprise de Prascovie, ceux surtout qui lui avaient refusé les secours dont ils pouvaient disposer pour son voyage, auraient bien voulu maintenant y avoir contribué.

Lopouloff reçut les félicitations de tout le monde avec reconnaissance ; et son bonheur aurait été complet sans le regret qu'il éprouvait de laisser en captivité ses deux amis, dont il ignorait encore la bonne fortune.

Ces deux hommes, déjà vieux, étaient en Sibérie depuis la révolte de Pougatcheff, dans laquelle ils avaient été malheureusement impliqués dans leur jeunesse.

Lopouloff s'était plus étroitement lié avec eux depuis le départ de sa fille ; eux seuls, parmi toutes ses connaissances, avaient pris un intérêt sincère au sort de la voyageuse. Pendant longtemps leurs entretiens ne roulaient que sur elle et sur les chances heureuses ou malheureuses qu'ils prévoyaient tour à tour, suivant que la crainte ou l'espérance les agitait.

Lopouloff offrit de leur laisser une partie des secours qu'il avait reçus ; mais ils n'acceptèrent pas son offre. « Nous n'en avons pas besoin, dit l'un d'eux, et j'ai encore la pièce d'argent que votre fille a refusée à son départ. »

Il n'entrait dans ce refus aucune jalousie ; mais un profond découragement accablait ces deux infortunés depuis la nouvelle qui les séparait de leur unique ami.

Ils se rappelèrent la promesse que leur fit, en partant, Prascovie, de s'intéresser à eux : persuadés, ainsi que tous les habitants d'Ischim, d'après mille bruits qui couraient dans le public, de la faveur sans bornes qu'elle avait obtenue, ils se crurent oubliés ; et, n'osant se plaindre à son père, ils renfermaient en leur cœur le sombre chagrin qui les dévorait.

La veille du jour où Lopouloff devait les quitter, ils voulurent prendre congé de lui pour n'avoir pas la douleur d'assister à son départ : ils sortirent de chez lui à neuf heures du soir, et se retirèrent le cœur navré de toutes les douleurs que les hommes peuvent supporter sans mourir.

Après leur départ, Lopouloff et sa femme pleurèrent longtemps sur le sort de leurs amis.

« Sans doute, disaient ils, notre fille ne les a pas oubliés ; peut être encore, avec le temps, obtiendra-t-elle leur grâce : nous l'engageons à faire de nouvelles démarches en leur faveur. »

Avec ces idées consolantes, ils se couchèrent pour être prêts à partir le lendemain de bonne heure. Ils étaient à peine endormis qu'ils entendent frapper fortement à la porte ; le même *feldiègre* (1) qui leur avait apporté la la bonne nouvelle, n'ayant pas trouvé le capitaine

---

1. Mot tiré de l'allemand, qui signifie *chasseur* de campagne. Les *fel-diègres* sont un corps avec des grades et en habit militaire : ils remplissent en Russie les fonctions de courrier d'État et de cabinet.

ispravnik (1) auquel était adressée la dépêche, et connaissant leur logement, revenait avec la grâce des deux amis. Lopouloff se leva précipitamment pour le conduire chez eux.

Les deux malheureux s'étaient retirés dans le plus affreux désespoir. En rentrant dans leur chaumière déserte, ils s'assirent sur un banc dans l'obscurité et gardèrent un profond silence. Que pouvaient-ils se dire ? Ils avaient perdu toute espérance et l'exil éternel pesait maintenant sur eux avec une nouvelle force.

Depuis deux heures, ils souffraient à la fois leurs maux présents et ceux que leur présageait un sombre avenir, lorsque la lueur d'une lanterne vint éclairer tout à coup la petite fenêtre de leur réduit : ils écoutent : plusieurs personnes marchent et parlent auprès de la chaumière. On frappe ; une voix amie et bien connue se fait entendre : « Amis! ouvrez! Grâce! grâce aussi pour vous! Ouvrez! »

Aucune langue ne peut décrire une semblable situation. Pendant quelques minutes on n'entendit que des phrases entrecoupées : « Grâce! l'empereur! Que Dieu le bénisse! Que Dieu soit loué! Qu'il comble de ses faveurs la bonne Prascovie, qui ne nous a pas oubliés! »

Jamais habitation humaine n'avait renfermé des êtres plus heureux; jamais il n'exista de passage plus rapide du comble de l'infortune au bonheur le plus inespéré.

Le capitaine *ispravnik*, ayant appris, en rentrant chez lui, qu'un *feldiègre* le cherchait, courut lui même chez les

---

1. Les capitaines *ispravniks* ont à peu près les mêmes fonctions que celles de nos sous-préfets.

deux amis, et décacheta la dépêche, qui contenait deux passeports pour eux et une lettre de Prascovie à son père.

Elle écrivait qu'après avoir obtenu cette nouvelle grâce, elle n'aurait osé solliciter encore des secours pour le voyage de ses anciens compagnons ; mais que DIEU y avait pourvu en récompense de l'offre généreuse qu'ils lui avaient faite lors de son départ de Sibérie : elle avait joint à sa lettre la somme de deux cents roubles en assignations.

Cependant elle attendait à Kiew, avec la plus vive impatience, la nouvelle du retour de son père ; il lui semblait, en faisant le calcul du temps, qu'il aurait pu lui écrire.

En prenant le voile à Kiew, elle n'avait point l'intention de s'y fixer, voulant s'établir pour toujours dans le couvent de Nijni (1), comme elle l'avait promis à l'abbesse : elle écrivit à cette dernière lorsque ses dévotions furent achevées, et partit bientôt après pour se rendre auprès d'elle.

Cette bonne supérieure l'attendait avec impatience, et ne lui avait point appris l'arrivée de son père pour lui réserver une surprise agréable. Lopouloff et sa femme étaient à Nijni depuis quelque temps.

Prascovie, en arrivant, se prosterna aux pieds de l'abbesse, qui s'était rendue à la porte du monastère avec toutes ses religieuses pour la recevoir. « N'a-t-on point de nouvelles de mon père ? » demanda-t-elle aussitôt.

« Venez, mon enfant, lui dit la supérieure ; nous en avons de bonnes ; je vous les donnerai chez moi. »

Elle la conduisit le long des cloîtres et du couvent sans rien ajouter.

1. Les religieuses, en Russie, ne font point le vœu de clôture.

Les religieuses gardaient le silence, et leur air mysté-
rieux l'aurait inquiétée sans le sourire de bienveillance
qu'elle voyait sur tous les visages.

En entrant chez l'abbesse, elle trouva son père et sa
mère, auxquels on avait également caché son arrivée.

Dans le premier moment de surprise qu'ils éprouvèrent
en voyant leur fille chérie en habit religieux, et pressés à
la fois par un sentiment de reconnaissance et de douleur,
ils tombèrent à genoux devant elle ; à cette vue, Prascovie fit un cri douloureux, et se mettant elle-même à
genoux : « Que faites-vous, mon père ? s'écria-t-elle ; c'est
DIEU, DIEU seul qui a tout fait ! Remercions sa providence pour le miracle qu'elle a opéré en notre faveur. »

L'abbesse et ses religieuses, touchées de ce spectacle,
se prosternèrent elles-mêmes, et réunirent leurs actions de
grâces à celles de l'heureuse famille.

Les plus tendres embrassements succédèrent à ce mouvement de piété ; mais d'abondantes larmes roulaient dans
les yeux de la mère lorsqu'elle les fixait sur le voile de sa
fille.

Le bonheur dont jouissait la famille Lopouloff depuis
sa réunion ne pouvait être de longue durée.

L'état religieux qu'avait embrassé Prascovie condamnait
les vieux parents à vivre séparés de leur fille, et cette nouvelle séparation leur paraissait plus cruelle encore que la
première, parce qu'elle était alors sans espérance. Leurs
moyens ne leur permettaient pas de s'établir à Nijni ; sa
mère avait des parents à Wladimir, qui les invitaient à se
rendre auprès d'eux : la nécessité les contraignit à prendre
ce dernier parti.

Après avoir passé huit jours dans une alternative continuelle de joie et de tristesse, troublés dans leur félicité par la pensée de leur éloignement prochain, ils songèrent à partir pour leur nouvelle destination ; la bonne mère surtout était inconsolable. « A quoi nous a servi, disait elle, cette liberté tant désirée ? Tous les travaux, tous les succès de notre fille chérie n'étaient donc destinés qu'à l'arracher pour toujours de nos bras ? Que ne sommes-nous encore en Sibérie avec elle ! » Telles étaient les plaintes de la malheureuse mère.

C'est une grande douleur à toutes les époques de la vie de se séparer pour toujours de ses proches et de ses amis ; mais combien cette destinée est plus affreuse encore lorsque l'âge pèse déjà sur nous, et que nous n'attendons plus rien de l'avenir !

En prenant congé de ses parents dans l'appartement de la supérieure, Prascovie leur promit d'aller leur faire visite à Wladimir, dans le courant de l'année ; ensuite la famille, accompagnée de l'abbesse et de quelques religieuses, se rendit à l'église.

La jeune novice, quoiqu'aussi sensible que sa mère à cette douloureuse séparation, se montrait plus forte et plus résignée, et cherchait à l'encourager. Cependant, pour prévenir les transports de sa douleur dans les derniers moments, après avoir prié quelques instants avec elle au pied des autels, elle s'éloigna doucement, entra dans le chœur où se trouvaient les autres religieuses, et parut au travers de la grille.

« Adieu, mes bons parents, leur dit-elle ; votre fille appartient à DIEU, mais elle ne vous oubliera pas. Père chéri, mère tendre, faites, faites le sacrifice que DIEU vous commande, et qu'il vous bénisse mille fois ! »

Prascovie, trop émue, s'appuya contre la grille ; des larmes longtemps retenues couvrirent son visage. La malheureuse mère, hors d'elle-même, s'élança vers sa fille en sanglotant : l'abbesse fit un signe de la main ; au même instant un rideau fut tiré.

Les religieuses entonnèrent le psaume : *Heureux les hommes irréprochables dans leur foi qui marchent dans la loi du Seigneur !*

On entraîna Lopouloff et sa femme à la porte de l'église où leur voiture les attendait : ils avaient vu leur fille pour la dernière fois.

La nouvelle religieuse s'assujettit sans peine à la règle austère du couvent : elle mettait à l'exécution de ses devoirs la plus grande exactitude, et gagna de plus en plus l'estime et l'affection de toute la communauté ; mais sa santé, qui s'affaiblissait visiblement, ne pouvait supporter la vie pénible que son nouvel état exigeait d'elle : sa poitrine était attaquée.

Le couvent de Nijni, construit sur une montagne battue par les vents, était dans une situation défavorable pour ce genre de maladie. Après qu'elle eut passé un an dans cette maison, les médecins lui conseillèrent de changer de séjour.

L'abbesse, que des affaires appelaient à Pétersbourg, résolut d'emmener avec elle Prascovie. Dans l'espoir de favoriser par ce voyage le rétablissement de sa santé, la bonne dame pensait avec raison que la réputation de sa novice, et l'affection que tout le monde lui portait dans la capitale, seraient utiles aux intérêts du couvent.

Prascovie devint une solliciteuse aussi active que désin-
téressée. Mais, se conformant aux convenances qu'exigeait
d'elle son nouvel état, elle ne se répandit point dans la
société comme la première fois, et vit seulement les personnes que la reconnaissance et l'amitié lui faisaient un
devoir de cultiver.

A cette époque, ses traits étaient déjà fort altérés par
l'étisie prononcée qui la minait sourdement ; mais, dans
cet état de dépérissement, il eût été difficile de trouver
une physionomie plus agréable et surtout plus intéressante
que la sienne. Elle était d'une taille moyenne, mais bien
prise : son visage, entouré d'un voile noir qui couvrait tous
ses cheveux, était d'un bel ovale. Elle avait les yeux très
noirs, le front découvert, une certaine tranquillité mélan-
colique dans le regard et jusque dans le sourire.

Elle connaissait la nature et tous les dangers de sa
maladie : toutes ses pensées étaient tournées vers un
autre monde qu'elle attendait sans crainte et sans impatience, comme une vaillante ouvrière qui a fini sa journée
et qui se repose en attendant la récompense qui lui est due.

Quand les affaires de l'abbesse furent terminées, les deux
religieuses se disposèrent à retourner à Nijni.

La veille de son départ, Prascovie sortit pour prendre
congé de quelques amis qui lui avaient envoyé leur voiture : en entrant dans leur maison, elle trouva sur l'escalier une jeune fille assise sur les dernières marches, et dans
le costume de la plus grande misère. La mendiante, la
voyant suivie d'un laquais à livrée, se leva péniblement
pour lui demander l'aumône, et lui présenta un papier
qu'elle tira de son sein.

« Mon père est paralytique, lui dit-elle, et n'a d'autres secours que l'aumône que je reçois ; je suis moi-même malade, et bientôt je ne pourrai plus l'aider. »

Prascovie prit le papier d'une main empressée et tremblante : c'était une attestation de pauvreté et de bonne conduite donnée par le prêtre de la paroisse. Elle se souvint aussitôt du temps malheureux où, assise sur les marches de l'escalier du Sénat, elle sollicitait vainement la pitié du public. La ressemblance qu'elle voyait entre le sort de cette pauvre fille et celui qu'elle avait elle-même éprouvé, l'émut profondément : elle lui donna le peu d'argent qu'elle avait, et lui promit d'autres secours. Les personnes dont elle allait prendre congé s'empressèrent, à sa recommandation, de faire du bien à cette infortunée, et devinrent, depuis cette époque, les protecteurs de son père.

Avant de partir de Pétersbourg, elle avait demandé la dispense de la loi qui défend aux novices de faire leurs vœux définitifs avant l'âge de quarante ans : elle ne négligea rien pour obtenir cette grâce, qui lui fut toujours refusée.

En retournant à Nijni, l'abbesse s'arrêta quelques jours à Novogorod dans un couvent de religieuses, dont la règle moins austère et la situation auraient été convenables à la santé de la pauvre novice.

Celle-ci s'était particulièrement liée, au couvent de Nijni, avec une jeune compagne qui avait une sœur dans le couvent de Novogorod où elle se trouvait maintenant. Pendant le séjour que Prascovie fit auprès d'elle, cette dernière s'efforça de gagner son amitié ; elle lui apprit

que sa sœur avait obtenu de changer de monastère et de
venir à Novogorod, et lui conseilla de l'y accompagner.
L'abbesse, qui voyait sa novice chérie dépérir sous ses
yeux, y consentit elle-même, malgré la tendre affection
qu'elle lui portait, et fit, en arrivant à Nijni, toutes les
démarches nécessaires. Prascovie quitta bientôt son
ancien monastère, emportant avec elle les regrets sincères
de toute la communauté et des personnes de la ville qui
l'avaient connue.

Elle employa les deux premiers mois de son séjour à
Novogorod à faire construire une petite maison de bois,
contenant deux cellules pour elle et son amie, parce qu'il
ne s'en trouva point de vacante à leur arrivée, et fut très
contente de son nouvel asile.

Ses compagnes, qui la connaissaient déjà personnellement, regardèrent son entrée dans leur couvent comme une
faveur particulière du Ciel, et s'empressèrent de remplir
pour elle les devoirs trop pénibles qui ne s'accordaient pas
à sa santé.

Ces soins et la tranquillité dont elle jouissait prolongè-
rent ses jours jusqu'en 1809.

Déjà les médecins, depuis longtemps, désespéraient de
sa vie ; mais quoiqu'elle-même en eût fait le sincère sacrifice, elle ne croyait point encore sa fin prochaine.

C'est sans doute par un bienfait de la Providence que,
dans cette cruelle maladie, pour laquelle il n'est plus de
remède, la vie semble se ranimer et donner quelques
moments d'espoir à l'être qu'elle va bientôt abandonner
pour lui cacher les approches de cette heure terrible que
personne ne doit connaître.

Prascovie, la veille de sa mort, se promena quelque temps dans les cloîtres avec moins de fatigue qu'à l'ordinaire : enveloppée chaudement dans une pelisse, elle s'assit à la porte du couvent. Le soleil d'hiver semblait la ranimer ; l'aspect de la neige brillante, lui rappelait la Sibérie et les temps écoulés.

Un traîneau de voyageurs passa devant elle et s'éloigna rapidement : l'espérance fit encore palpiter son cœur. « Le printemps prochain, dit-elle à son amie, si je me porte mieux, j'irai faire une visite à mes parents à Wladimir et vous m'accompagnerez, n'est-ce pas ? » En disant ces mots, le plaisir brillait dans ses yeux, mais la mort était sur ses lèvres. Sa compagne tâchait de lui montrer un visage riant et de retenir ses larmes prêtes à couler.

Le lendemain 8 décembre, jour de la fête de sainte Barbe elle eut encore la force d'aller à l'église pour communier : mais le soir, à trois heures, elle se trouva plus mal et se plaça sur son lit sans se déshabiller pour prendre du repos.

Plusieurs religieuses étaient dans sa cellule, et, ne la croyant pas en danger, parlaient haut et riaient entre elles dans le but de l'amuser ; cependant la présence de tant de monde la fatiguait.

Lorsqu'elle entendit le son de la cloche qui les appelait aux prières du soir, elle les engagea à aller à l'église, en se recommandant à leurs prières.

« Aujourd'hui, leur dit-elle, vous prierez encore DIEU pour ma santé, mais dans quelques semaines vous prierez pour le repos de mon âme ».

Son amie resta seule dans sa cellule.

Prascovie la pria de lui dire les prières du soir, comme elle en avait l'habitude, et pour accomplir sa tâche jusqu'à la fin. La religieuse, à genoux près de son lit, se mit à chanter doucement les prières ; mais, après les premiers versets, la malade lui fit signe de la main en souriant. Son amie s'approcha d'elle et pouvait à peine l'entendre. « Ma chère amie, lui dit-elle, ne chantez plus ; cela m'empêche de prier : récitez seulement. » La religieuse se remit à genoux : pendant qu'elle psalmodiait les prières, la mourante faisait de temps en temps des signes de croix.

La nuit devint sombre. Lorsque les religieuses revinrent avec de la lumière Prascovie n'existait plus.

Sa main droite était restée sur sa poitrine, et l'on voyait à la disposition de ses doigts, qu'elle était morte en faisant le signe de la croix.

Imprimé par DESCLÉE, DE BROUWER et Cie.

LILLE. — 1891.

www.ingramcontent.com/pod-product-compliance
Lightning Source LLC
Chambersburg PA
CBHW060437260626
47161CB00005B/1971